国旗上的爸爸

董玲 著

浙江出版联合集团
浙江少年儿童出版社·杭州

目录

CONTENTS

1. 赛场风云

北京，2016年的最后一个夜晚。

虽然已是午夜时分，但整个城市依旧车水马龙、熙熙攘攘、人头攒动。五光十色的灯火犹如银河般璀璨，衬托得节日气氛格外浓郁。因为是跨年夜，尽管持续多天雾霾弥漫，仍阻挡不住人们迎接新年的欢快步伐。餐馆里，兴高采烈的人们举杯共饮，向即将到来的2017年致敬；商场里，琳琅满目的商品吸引着一群又一群的购物达人欲罢不能；酒吧、电影院、游乐场、剧院、音乐厅……每一个人流汇聚之地，都化作一片欢乐的海洋。

只有一个人与这浓烈的节日气氛格格不入。

是的，欧阳紫荆像头迷失的小鹿已经在大街上游荡了很久。前一个小时，她还是音乐厅舞台上备受瞩目的“新星”，作为中央音乐学院声乐歌剧系一位品学兼优的学生，在众人艳羡的目光中走到舞台中央，演唱了一首《我们共同的生日》。这是由学校作曲系的大才子张颂作曲、紫荆作词，为庆祝香港回归二十周年而联袂创作的新作品，之前已经颇受老师和专家的好评，在本次比赛中这个作品第一次公开亮相。

进行专业比赛时，演唱一些脍炙人口的经典作品会比演唱新作品更保险，但是紫荆已经做好了充分的准备，这一点从她轻快的脚步中就能感受到。一段管弦乐演奏的序由远而近地次第浮现，如一轮明月拨开浮云，绽放出皎洁而神圣的光辉。剧场内的观众屏住呼吸，凝神倾听着歌者动情的演唱：

> 笑容洋溢在脸上，幸福装满心房，二十年前的那一天，你回来了，你回来了，香港，香港……轻抚着你的脸庞，喜悦化作泪水流淌，千言万语，都道不尽对你的思念啊，香港，香港……

这是一首如行云流水般的咏叹调，旋律曲调极为优美动

听，经过紫荆委婉动听的完美诠释，听起来深情而感人。台下的观众听得如痴如醉，几位评委也仿佛忘记了这是一场比赛，伴随着优美的旋律，时而敲击着节拍，时而陶醉地摇晃着脑袋……一曲结束，观众起立鼓掌，向这个新作品表示由衷的喜爱之情，这是在刚才所有选手的比赛过程中都没有出现过的。热烈的掌声似乎还在耳边回响，然而这美好的一切此时此刻都与她无关了，就像一个五彩斑斓的肥皂泡，被风轻轻托起，在飞舞旋转的瞬间遽然而逝。

唉，今晚真是太糟糕了，空气这么刺鼻，天空这么阴郁。紫荆踉踉跄跄地跑了一会儿就被浑浊的空气呛得咳嗽起来，她用围巾捂住鼻子，眼泪止不住扑簌扑簌掉下来。紫荆是个清丽脱俗的女孩儿，爸爸也经常教导她“不应该计较一城一池、一时一事的得失”，可今晚的比赛结果实在让她难以接受。她真正在乎的不是名次，而是公正、公平。大张旗鼓、劳师动众搞这么个声乐比赛，难道就是一场“秀”？她在心里疑惑地发问。

这的确是一场“秀”，明眼人都看出来了。从初赛、复赛一路走来，紫荆的综合分数稳稳地排在第一位，经过层层筛选，以她为首的十名选手进入决赛。她的同班同学赵嘉一也在其中，排在第六。比赛到了最关键的决赛阶段，很多人都在猜测最终“鹿死谁手”。有人认为欧阳紫荆无论从外在到内涵已经到了无可挑剔的地步，夺得桂冠犹如探囊取物。也有人认为，不到最后一刻，下任何结论都为时尚早。为什么一场声乐比赛会牵动众多人的目光呢？原来，比赛结束后，获得前三名的选手将在为庆祝香港回归二十周年而创作的大型原创音乐剧《情满香江》的演出中担纲，并有望成为该剧的

女主角。

自从被推选参赛，欧阳紫荆已经精心准备了一个月。她清清楚楚地记得系主任谢文瑞在琴房里对她说的一席话："紫荆，这可是个难得的机会！大型原创音乐剧，国内一流的作词、作曲和制作，回归二十周年当天在香港红磡体育馆演出，全球直播，随后在全国进行巡演……且不说能不能出名，多少歌唱演员梦寐以求能有属于自己的音乐剧……我一直觉得你是综合素质高、勤奋、有天赋的学生，这次选拔赛老师就看你的了！"

紫荆也对这次大赛信心满满，这其中除了对自身能力的自信，更有浓厚的感情因素：她出生于1997年7月1日——香港回归那一天，她的父亲欧阳忠是第一批驻港部队成员，因为香港的市花是紫荆花，所以给她取了这么一个特别有纪念意义的名字——欧阳紫荆。紫荆的妈妈林曦是首都师范大学的高才生，毕业后被一个著名的歌舞团考核选中，成为一名独唱演员，却不知道为什么很快就辞职了。从此，妈妈不仅不再唱歌了，连紫荆想学钢琴、报考音乐学院都遭到强烈反对。如果没有紫荆十三岁时那次决绝的"自杀事件"，她大概一辈子都要在妈妈不容争辩的反对声中与音乐和歌唱无缘了。所以在紫荆的骨子里，一直有一种强烈的想向妈妈证明自己，或者想帮妈妈弥补些什么遗憾的想法，尽管她从来都不知道妈妈这么做的原因。

紫荆是个幸运儿，这么多年来，她在求学这条道路上都碰上了最好的老师。比如发现她的歌唱天赋，对她进行启蒙和培养的小学音乐老师；还有此刻坐在观众席前排，正为得意弟子紫荆加油打气的谢文瑞老师。

从开学第一天，谢文瑞老师就对这个充满灵气又活泼可爱的小姑娘颇多青睐。谢老师教学认真，对学生恩威并施，看似严厉苛刻，实际上是“刀子嘴豆腐心”。谢老师最爱挂在嘴边的话就是：“真是一届不如一届。”欧阳紫荆的出现让她感到慰藉，她威严的眼睛里只要投射出紫荆的身影，立即就会暖意融融起来。没错，她对紫荆就是偏爱。

第一名、第二名的成绩马上统计出来了，可是在第三名的统计结果上，因为欧阳紫荆和另一名选手赵嘉一的分数相同，评委席那边发生了分歧。经现场协商，决定让两位选手再各选一首参赛曲目，唱完后把两首歌曲的得分相加，分数高者胜出。

第二首参赛歌曲欧阳紫荆选择了自己拿手的歌剧《蝴蝶夫人》中的《晴朗的一天》，赵嘉一选唱的是歌剧《茶花女》中的《饮酒歌》。紫荆的演唱一气呵成，在唱腔上充分发挥自己风

格清新、感情质朴的特点，声音纯净、统一、连贯、饱满，把作品演绎得如行云流水。赵嘉一在演唱时，由于拼得太狠，高音部分声嘶力竭，几乎唱破。就现场来看，孰优孰劣还是一目了然的，可是在复赛打分环节上，评委席再次出现反常现象，几位评委踌躇不决，分数迟迟没有打出，观众席上发出阵阵嘘声。

站在台上等待评判的紫荆自信又从容，两首歌曲完成之后，她对自己的表现还是比较满意的，虽然今晚的分数有些偏低，但是凭实力是绝对不可能跌出前三名的。笑意荡漾在嘴角，她清澈的眼眸像钻石般闪闪发亮。此时此刻，她想起了小时候的一个梦境：在一束绚丽的聚光灯灯光下，自己站在天地舞台的中央，身着闪闪发光的美丽纱裙，伴随着宛若天籁般的音乐，她踮起脚尖，挥舞起双手，不停地转啊、唱啊、跳呀……对，梦中的那件美丽纱裙就像今天她穿的这条。

说起这条裙子，它可是爸爸专门为她定制的十八岁成年礼礼物，价格昂贵而又意义非凡，花了爸爸好几个月的工资呢。这条漂亮非凡的裙子由白色和淡紫红色相间的轻软薄纱制成，上身是点缀着闪亮水晶的纯白色，从腰部至裙摆是淡淡的紫红色由浅入深慢慢勾勒成盛开的紫荆花的形状，寓意深远又端庄大方。“坐时衣带萦纤草，行即裙裾扫落梅。”气

质高雅、皮肤白皙的欧阳紫荆穿上这条裙子，宛若花仙子飘落凡尘。她还记得生日那天打开礼盒时的惊喜，当时她高兴地抱着老爸又哭又笑了大半天呢……唉，可惜老爸今晚没能赶过来……他总是忙忙忙，说好来看演出，又放鸽子！老妈？这次她又缺席……想到这里，紫荆不禁咬了一下嘴唇。

台下的谢文瑞老师一直眉头紧锁。其实从主持人宣布欧阳紫荆和赵嘉一分数相同的那一刻，她就感觉不对劲，可是作为一位在教育战线上工作了几十年的德高望重的老教授、桃李满天下的声乐教育家，此时此刻自己竟然没有权利为学生说一句公道话。历来一些重要的声乐比赛，她基本都是评委，可是这次比赛的评委是由《情满香江》剧组邀请，谢教授在心里叹了口气：歪风邪气总是阴魂不散，魑魅魍魉最擅长见缝插针。

站在台上的赵嘉一也是谢文瑞的学生，是紫荆的同班同学。赵嘉一的专业也还说得过去，但要说到天赋和水平，跟紫荆还是差了一截，今天她分数偏高，着实出乎很多人的意料。此时此刻，谢文瑞老师依然不愿意相信，有谁可以在众目睽睽之下左右神圣的比赛。八位评委都是剧组邀请来的“重量级”人物，有著名歌唱家、音乐理论家、指挥家、作曲家等，但愿他们能做出公正的裁决。观众席中的谢文瑞老师

不由得忐忑不安起来。

主持人终于从评委席拿到了最终评判，满面春风地再次走到舞台中央：

“经过各位评委老师的投票，比赛结果已经产生——欧阳紫荆，上轮比赛得分 95.58 分，本轮得分 93.60 分，总分 189.18 分；赵嘉一，上轮比赛得分 95.58 分，本轮得分 96.77 分，总分 192.35 分。我宣布，最终获得今天比赛第三名的是——赵嘉一同学！”

站在台上的欧阳紫荆一阵发蒙：不会吧？我听错了？赵嘉一今天发挥得有瑕疵，这连普通观众都能听得出来，这么多专家学者竟然认为她唱得好？居然还比自己高了好几分？可是，没错呀，赵嘉一已经高高举起了双手，向台下的观众们挥舞致谢，同时还不忘记送给自己一个拥抱。这是一个胜利者开心的拥抱。赵嘉一的笑容光辉灿烂，生动无比！

“我赢了！我赢了！”聚光灯下，赵嘉一此时此刻有些小小的眩晕，她感觉自己的美好明天仿佛已经从脚下的小小舞台延展到了维也纳金色大厅、纽约卡内基音乐厅、莫斯科大剧院、悉尼歌剧院……几个月前，赵嘉一路过琴房时，无意间听到了系主任谢文瑞对紫荆说的那番话。她一点儿都不服气这个处处都盖过自己一头的女孩，在她的字典里从来都是成功，没有失败。

赵嘉一来自北方的一个城市，据说她爸爸是当地“首富”，她妈妈年轻时曾经是个小有名气的歌手，嫁人后就安安稳稳当上了阔太太。她对自己的女儿没有别的要求，就是一定要比自己当年还要有名，还要风光。赵嘉一从出生开始就是锦衣玉食的“白富美”，无论走到哪儿都备受呵护和仰视，这也养成了她骄傲的性格、傲娇的做派。

“谢老师、欧阳紫荆，你们没想到吧！”赵嘉一终于扬眉吐气，等到了一舒心中怨气的时候，不由得在心里恨恨地翻起“旧账”：

因为她上学期多次翘课，谢老师对她进行批评警告没有成效后决定开除她，要不是她痛哭流涕地表示要“痛改前非”，肯定就立马走人了。这件事之后她对谢老师颇有几分忌惮，为示好，她送给谢老师一条价格不菲的钻石项链，可是直接被谢老师从办公室扔出来，还警告她“下不为例”，否则“立即开除”。赵嘉一实在是搞不明白谢老师为什么这么“不近人情”，记得自己的父亲曾这样说过：“人嘛，都是有弱点的，你只要知道他喜欢什么，那么，什么事都好办。”可是谢老师竟然软硬不吃，比金刚石都硬，所以暗地里她称呼谢老师为“黑金刚”。

我赵嘉一哪一点比不上那个欧阳紫荆？自己也是这次比赛的参赛选手，老师凭什么只对紫荆高看一眼？琴房外，她的粉脸由晴转阴，掏出手机拨通了她妈妈的电话："妈，你给我定最漂亮的演出服，我要好好参加比赛，我要把她打败！"

一瞬间风云突变，令欧阳紫荆猝不及防。她默默地退出舞台，黯然神伤。在后台的化妆间，她换掉演出服，走出来，正听到舞台上赵嘉一喜不自禁地发表获奖感言："感谢所有评委老师的辛勤工作，感谢我的老师……"

"这个舞台太让人失望了。"推开门，紫荆头也不回地消失在茫茫夜色中。

2. 伤心跨年夜

欧阳紫荆一直很纯粹地活着——音乐就是生活，生活就是音乐。而今晚，她分明感受到一股邪恶的力量在吞噬着心中的圣洁之光。就像这雾霾，用令人窒息的迷雾将山川遮掩，将蓝天淹没。眼前的一切都在原处，却看不清一切原来的模样……是任由这混沌勒紧自己的喉咙？还是发出声声呐喊？她的心在隐隐作痛。

宣布成绩时，看到紫荆黯然退出舞台，谢老师就非常担心。她知道紫荆虽然一直以来都乐观坚强，浑身上下有一股子韧劲，但这个孩子自尊心强，为这次比赛又付出了太多的辛苦，寄予了太多的希望，本来是稳操胜券，没想到……别

说一个涉世未深的小女孩，就是发生在自己身上也难以接受！事已至此，只能先劝慰一下紫荆。

这样思忖着，谢教授急匆匆站起身准备绕到剧场后门找紫荆。从她离座，到大厅寄存处取了大衣和围巾穿戴好，整个过程也不过短短一刻钟的时间，可她走进后台化妆间，却只看到紫荆的手机孤零零地被落在桌子上。谢老师抓起手机一溜小跑追出剧场大门，可眼前除了呼啸而过的车流，哪里还看得见紫荆的身影！谢老师正东张西望不知道如何是好，手中紫荆的电话突然响了起来。她吓了一跳，低头一看显示"老爸"呼叫，赶紧接听。

"紫荆，你在哪儿呢？爸爸现在可以过来了，比赛结束没？"

电话那头正是紫荆的爸爸欧阳忠，谢老师稳了稳神道："欧阳爸爸，我是谢老师……"于是她把刚才的情况简短地叙述了一番，然后焦急地说："现在怎么办啊？紫荆会去哪儿呢？咱们赶紧分头找吧……"

欧阳忠赶紧给紫荆的姥姥打了个电话，姥姥担心地问道："紫荆呢，刚才我给她打电话也不接，比赛还没有结束吗？"欧阳忠让老人先休息，姥姥还没来得及问比赛名次，电话已经挂断了。电话那头的姥姥自言自语："瞧这爷俩，着急忙慌的!”

这大晚上的，紫荆一个人会去哪儿呢？欧阳忠没有给紫荆的妈妈打电话，她带博士生远赴陕甘宁等地做调查研究，已经出去两个多星期了。平常紫荆在学校住校，妻子这些年不是调研就是办讲座，要么就是学术交流，国内国外、天南地北地跑，自己也常常加班加点地工作，给予女儿的关心实在是太少了，欧阳忠不禁心里自责起来：本来答应来看女儿的比赛，临时有事又加了会儿班……唉……欧阳忠一时间心乱如麻。电话响起，原来是谢老师不放心又打来的：“欧阳爸爸，我让同学们在学校找了一下，琴房、宿舍、操场都没有……我有点担心。”

欧阳忠应道：“谢老师，别担心，我想不会有问题，我再去找找，有消息我会第一时间告诉您。”

挂断谢老师的电话，欧阳忠分别给他所能想到的紫荆的同学、好朋友、老师打了好几个电话询问。愣了愣神，忽然他觉得自己有点太可笑——在工作中，处理过多少突发事件，排除过多少次险情，可是，今天，女儿找不到了，他竟然一片茫然。她是饿了，跑去吃东西，还是……他一边开着车，一边在脑子里排列着紫荆最有可能去的地方。

突然，灵光一现，欧阳忠想到一个地方——后海。这是

紫荆小时候最喜欢去的地方。

在这里，他们一家三口曾经度过好些个幸福时刻：春天泛舟湖面，夏日沉醉荷香，秋来听取蝉鸣，冬天流连冰场……所以紫荆把后海称为“幸福海”。这儿还是自己和妻子林曦认识的地方，这里是一切美好故事的源头……欧阳忠不禁唏嘘。

很多年前，他发现女儿有个小秘密，也算是一个小“规律”——不开心的时候，想念爸爸的时候，她都会跑到后海。比如五岁那年从幼儿园“失踪”，大家都以为她被人贩子拐走了，结果她一个人搭乘公交车去了后海。原来那时候欧阳忠长年在驻港部队服役，幼儿园同班的其他小朋友天天都有爸爸妈妈来接送，只有紫荆例外，于是被几个孩子嘲笑“爸爸不要她了”，小小的她一赌气就搞了个“出逃事件”——到后海把爸爸找回来！因为她听妈妈讲过“爸爸妈妈相遇的故事”，既然妈妈是在这里遇见的爸爸，她坚信自己在这里也一定会找到爸爸。

紫荆从小就有艺术天赋，可是她妈妈却极力反对她走上专业的道路。紫荆十三岁那年，母女之间为此爆发了一场争吵，林曦甩下狠话：你想学可以，除非我死了。这天深夜，紫荆写了告别书，跑了出去。她不知道母亲为什么不让她学音乐，为什么那么痛恨音乐，为什么要剥夺自己快乐的源泉。紫荆来到后海，伤心地哭了起来，幸亏欧阳忠及时赶到才阻止她做出傻事，后来学声乐的事情在她和爸爸的共同坚持下成功了……这么多年过去了，紫荆长大了，他也渐渐忘记了这些，现在眼前突然灵光一闪，欧阳忠希望自己的判断没错。

诚如欧阳忠所料，从剧场跑出来的紫荆漫无目的地走了很久，当她停下来环顾四周时发现，她走到了后海附近。走了这么久，紫荆的情绪已慢慢平复下来，她想起来忘记给姥姥还有爸爸打个电话，明天学校放假，说好今晚比赛结束就回姥姥家的，现在几点了？怎么姥姥、爸爸都没给自己打个电话呢？一边想着一边把手伸进书包找手机，这才发现，手机不见了。

“姥姥他们一定急坏了，得赶紧打车回家！”紫荆频频招手，可是夜晚的出租车本来就寥寥无几，再加上今天是跨年夜，打车的人又多，她在平安大街上拦了半个多小时依然一无所获。她想借个电话告诉欧阳忠自己的位置，可是连着问了好几个行人，人家看她一个人怪怪的，都不肯借给她。欧阳紫荆不由得暗暗叫苦，只好站在路边继续打车。又冷又饿的欧阳紫荆焦急地盯着路过的每一辆车：上天开恩，赶紧出

现一辆亮着“空车”小红灯的出租吧！欧阳紫荆饥寒交迫，站在路边不住地跺脚搓手取暖。冷风中，紫荆好想念家的温馨与味道啊！

眼睁睁看着出租车一次次从身边绝尘而过，欧阳紫荆不禁在心里默默祈祷：要是爸爸这时候能出现就好了！

正在焦急地左顾右盼，伴随着一阵清脆的汽车喇叭声，爸爸真的出现了。爸爸了解她，知道到哪儿来找她，后海是他们的默契。坐在爸爸的车上，紫荆疲惫地把头靠在椅背上，真没想到好好的一个跨年夜竟然经历了这么多的波折。几个小时前的一个个画面交织在一起，让她有些懊恼又有些伤心。欧阳忠提醒女儿给大家发信息——报个平安，她才知道自己不声不响离开后有那么多人为她担心。

女儿偷眼瞧了瞧眉头紧锁若有所思的爸爸，突然傻乐起来：“爸爸，我发现从小到大，只要我有困难，你都会像神兵天将一样出现在我身边！”欧阳忠嗔怪：“傻丫头，尽胡说！”紫荆辩驳：“我没有胡说，真的，爸爸！你在我心目中永远都是个大英雄，保护神！我一直都记得你在香港回归那天手持钢枪，像雕塑般屹立在飘扬的五星红旗前的电视画面。老爸，那时候的你真是帅呆了。”欧阳忠揭短说：“拍马屁，老爸现在就不帅了？还有啊，小时候受点委屈就玩‘出逃’，现在长大了还拿这招吓你老爸，羞不羞？保护神可也有打盹儿的时候！”紫荆噘起嘴巴耍赖道：“爸爸！今晚的事不许再说了，不许对任何人说，不许告诉妈妈，否则再也不理你了！”欧阳忠点头：“好好好，不说不说！嘘，保密！”父女二人哈哈大笑起来。

适逢假期，紧张忙碌了这么多天，欧阳紫荆回到家中就想睡个舒舒服服的懒觉，睡梦中她又一次梦见了维多利亚港，梦见了迎风飘扬的五星红旗，还有盛开在阳光下的那些紫荆花。那些粉白、淡紫、深红色条纹的紫荆花，哦，对了，哪一朵是自己呢？我是紫荆花，紫荆花就是我……她找呀，找呀找……

十九岁，鲜花一样的年纪，鲜花一样的脸庞。顺着时光隧道，让我们从头来说说这个花季女孩的故事吧。

3. 邂逅幸福海

二十多年前，欧阳忠还是中国人民解放军装甲兵工程学院的高才生，阳刚英武，踌躇满志。

一个春日的周末，他与同学相约后海感受老北京的味道，恰遇背着相机采风的林曦。当时，热爱摄影的林曦在游船上边欣赏春日美景，边连连举起相机，正拍得兴起，突然她坐的船被身后冒冒失失的游船撞了一下，猝不及防，手中的相机掉到水里。不会游泳的她央求大家停船帮忙打捞，可是根本没有一个人理睬——当天的气温也就十六摄氏度左右，即使会游泳，谁会愿意为一个素不相识的女孩子的一个小小相机奋不顾身呢？

小船在水面上晃来荡去，船上的其他游客不耐烦起来："走吧走吧，不就一个相机嘛！"其他人也随声附和："就是，这掉下去哪还有影啊……"林曦一边哭一边向众人求助道："这是我爸爸去世前留给我的，求你们帮帮我吧！是我爸爸留给我的唯一的'念想'啊……呜呜呜……"听到这里，熟识水性的欧阳忠不顾同伴的阻拦，脱下外衣就跳入冰凉的水中。

由于水下淤泥很多，他一次次潜入水中，都只捞出来一些废弃物。看他冻得嘴唇发紫，很多围观的人们都劝他："别瞎耽误工夫了，快上来吧！"倔强的他竟然全当没听见。一艘垃圾清理船上的环卫工见状递给他一个铁笣子，他如获至宝，抓起工具再次潜入水中苦苦寻找。一次次潜入水中，一次次打捞和摸索。半个多小时后，欧阳忠竟然真的把相机打捞上来了，围观的人群中爆发出热烈的掌声。

冻得瑟瑟发抖的欧阳忠把相机递给林曦，环卫师傅随即把欧阳忠拉到自己的小船上。师傅是个热心的老北京，对他说："孩子，你泡了半天冷水又一身臭泥，我家就在什刹海边上，离这儿不远，赶紧到我家洗洗，换下湿衣服，千万别着了凉气！"欧阳忠浑身打着冷战，正不知道该怎么办，老师傅这么说，当然是求之不得。

他和同学正准备乘环卫师傅的船离开，林曦赶上来希望

欧阳忠留下联系方式要好好感谢他。欧阳忠执意不肯说，同行的小伙伴张胜则大声报出他们的学校、班级、电话。有心的林曦一一记住，望着他们离去的背影，心中充满了感激。

林曦惦记着要好好感谢欧阳忠，但拨打他学校的电话却一直都没有人接听。过了好几天，才从张胜口中得知欧阳忠因替自己打捞相机而感冒，周一上课，他发着三十九度的高烧去参加体能训练，没想到竟然晕倒在训练场上了……林曦再也听不下去了，放下电话就连忙乘车赶到欧阳忠的学校探望他。林曦的到来令欧阳忠的同学和室友大为艳羡，要知道那时的交通还没有那么方便，从城里到位于北京西南卢沟桥畔的中国人民解放军装甲兵工程学院，可是要将近两个小时的车程呢，于是大家纷纷打趣欧阳忠交了“桃花运”。

一个星期后，欧阳忠的病好了。林曦常常给他写信，嘘寒问暖。他们有讨论不完的有趣话题，还惊奇地发现两人的喜好也惊人的一致，两个年轻人的心贴得越来越近。这段朦胧的感情令欧阳忠欢喜和沉醉，可是自卑的他却总觉得自己“高攀不起”。内心矛盾的他被思念折磨得发疯，却越来越不敢接听林曦的电话，因为他害怕自己的爱到头来只是一场梦。感受到异样的林曦问及欧阳忠总是不接听电话的原因，室友张胜口无遮拦地告诉她，其实欧阳忠在老家已经跟表妹

订婚了，等军校一毕业两人就结婚。林曦决心当面问个清楚，她与欧阳忠相约周末在后海见面。

初夏的后海杨柳依依，暖风习习，两个年轻人进行了一场推心置腹的长谈。原来，欧阳忠首先顾虑的是自己是从浙江义乌农村走出来的寒门学子，而且毕业后的去留都没有把握。林曦是个地道的北京女孩，长得漂亮，家里条件又好，还是首师大的高才生，一无所有的自己能给她怎样的承诺呢？而至于“和表妹的婚约”，那纯粹是自己的伯父乱点鸳鸯谱，非要把同村的一位远房亲戚撮合给欧阳，自己压根就没有同意过这件事情。上军校之前，他已经跟伯父商量推掉了这门亲事，只不过那个痴心的女孩总是对他念念不忘，今天寄两双鞋垫，明天寄点家乡土特产。室友们早就知道这个故事，一边吃着人家的土特产，掠夺人家的鞋垫，一边还不忘记给这个故事加点料，借此打趣欧阳忠。其实那个女孩子去年春节就已经结婚了，今年估计都要生娃了。

知道了原委的林曦被欧阳忠诚实质朴的话语逗得咯咯直乐，越发觉得这个“一无所有”“看不到未来”的农村小伙“傻得可爱”，她斩钉截铁地表达了自己的内心：“我喜欢你欧阳忠，未来你走到哪里都不重要，重要的是，既然上天让我们相遇相知，我们决不能错过……”放下猜疑和顾忌，两颗

坦诚炽热的心拥抱在一起，他们正式恋爱了。从此，花前月下多了一对幸福的人儿，青春的旋律弹奏出浪漫欢快的音符。他们约定，一定要在最美好的年华里塑造最好的自己，为梦想和将来不懈努力，永不言悔！

得知女儿在谈恋爱，林曦的妈妈周慕华有点不高兴。林曦的爸爸是《人民日报》一名颇有影响的记者和专栏作家，十年前，在一次远赴贵州的采访途中遭遇车祸不幸遇难，那年林曦才十二岁。这些年来，林母一来对丈夫念念不忘，二来怕孩子受委屈，依靠自己当小学老师的微薄收入，既当爹又当妈，含辛茹苦地把女儿拉扯大，心心念念都盼望着她能找个好归宿，可是女儿竟然执意要跟一个义乌农村来的穷小子在一起，这怎么不让她担心又难过。她一边托付众人张罗着给林曦介绍对象，一边极力反对女儿和欧阳忠交往。林曦的同学、朋友、亲戚，几乎所有的人都不看好两人的将来，他们的恋情经历着一场严峻的考验。

转眼一年过去了，欧阳和林曦马上将迎来毕业的时刻。退休后的周慕华给小区的学生辅导功课，做起了家教，或许是长期操劳的缘故，她那段时间总是失眠、疲惫、乏力，而且胃口不好，但她并没有当回事，以为只是没休息好的缘故。直到有一天，正在家中给学生补习的她突然晕倒，机警

的孩子们拨打了“120”和正在某歌舞团参加应聘考试的林曦的电话。

周慕华被查出患了“人类第二癌症”——肾衰竭，母女二人抱头痛哭，哀叹着为什么命运之神如此无情。闻讯赶来的欧阳忠满头大汗地跑进病房，二话不说拿起各种化验单、病历，一趟趟奔走在各个科室。他处理事情有条理又沉稳，给惊慌失措的母女二人以极大的抚慰和帮助。林母住院期间，欧阳忠像亲生儿子一样悉心照顾，这使得林母对他的认识有了很大改观，林曦更视欧阳忠为终身的依靠。

林母担心欧阳忠毕业之后的去向，欧阳忠告诉她，毕业前夕自己已经非常幸运地被北京某单位接收，就在北京服役，工作地点就在市区内。母女二人惊喜万分。而这时，林曦也得到通知，她已经被某著名歌舞团录取，幸运地成为一名歌唱演员。

进入连队的欧阳忠较之学校期间更加繁忙，每天的训练和首长交办的各种事务忙得他像陀螺一样滴溜溜地转，回到寝室已经累得一句话也说不出来，休息日也难以保障。两个年轻人经常十天半个月都见不了一面，但是热恋中的两个人不以为苦反以为乐，因为他们知道自己此时的努力和付出正是为了将来的幸福。

林曦进入歌舞团，可以说是圆了她儿时的一个梦。父亲年轻的时候就喜欢吹拉弹唱，母亲也是个资深京剧票友，深受父母亲影响，她也喜欢上了音乐。进入首师大后，她主修的是音乐教育类的音乐学专业，本来成绩优异的她是留校的不二人选，可是在陪同学参加歌舞团的考试过程中，禁不住同学的怂恿，抱着试试看的心态也去“考着玩”，结果同学没通过，她却被录取了，可谓是无心插柳柳成荫。在学校老师惋惜的目光中，她告别了母校，踏上了新的人生旅程。

歌舞团的日常工作并没有她想象的那么神秘，排练和演出也很松懈，颇有些三天打鱼两天晒网的味道，这倒让她有更多的时间可以照顾母亲。自从母亲被确诊肾衰竭以来便开启了每周三次的透析治疗，每次透析都需要大概四个小时，透析结束后因为病人会感觉非常不适，林曦都要赶到医院接她回家。医生对她们说，只要坚持规律透析与正确的生活方式，肾衰竭并不可怕。这种疾病最怕的就是透析不规律，因为透析替代的是肾脏功能，一旦透析不规律，体内积存毒素过多，就很容易造成严重后果。母女二人保持乐观、积极的心态，林母病情日渐好转，快乐和希望又重新回到这个风雨飘摇中的小家庭。

林曦对歌舞团的这份工作充满了热爱，虽然最初她只是作为合唱队的一员，可是她每次都是第一个走进排练场，每首作品都认真准备。起初大家对这个小姑娘并不大在意，可是慢慢地，同事们都被她的专业素养所折服，甚至连音乐总监都朝她竖起了大拇指。大家都说，林曦的到来为歌舞团注入了一股清流，很多老艺术家也夸奖她有天赋，假以时日，一定能成大器，成名成家也指日可待。

然而，木秀于林风必摧之，堆高于岸流必湍之。一年来，林曦的脱颖而出没给她带来好运，反而招来同团的汤薇儿等人的妒忌和恶意中伤。一时间，歌舞团内谣言四起：有的说她是被某大款包养；有的说她作风不检点，刚来团里就跟团长还有艺术总监“暗通款曲”，得到青睐完全是“靠身体和脸蛋”……有次演出，她和大家正准备谢幕，突然有个肥胖的悍妇冲上舞台，口里嚷嚷着“臭婊子、狐狸精”，照脸上就给了她一大巴掌，打得她眼冒金星。一时间台下大乱，不明就里的观众们指指点点，有看热闹不嫌事大的人还吹起了刺耳的口哨……等她哭着跑到后台，才断断续续从同事口中得知，原来那悍妇竟然是团长的老婆。这愚蠢的女人受汤薇儿等人挑唆，误认为她就是“传说中的‘狐狸精’”，特意上台羞辱她，目的就是把她“搞臭”，再也不能上台。

在随后的全团年度业务考核中，她出人意料地被评定为

“不合格”。几个正义的同事去领导那里说情，可是团长和艺术总监都是胆小懦弱的“妻管严”，加之得了汤薇儿的“好处”，惧怕自己被“流言”牵连，竟然再也不敢替她说一句话。四面受敌备受屈辱的林曦对该团的“混乱”“冷酷”和“黑暗”彻底绝望，含泪离开，发誓从此再也不踏上舞台。

得知林曦的境遇，母校及时向她张开了欢迎的双臂。大学四年，这位品学兼优的好学生一直以来都是作为留校人才培养的，当年对林曦的选择，她的老师们颇为遗憾，因为他们看好林曦的长处是做学问、当老师，而不是“混”娱乐圈。这样的结果倒是让林母松了一大口气，对于女儿选择“歌唱演员”这个职业，林母其实一直很担心：第一，社会太复杂了，一个刚出校门的小姑娘对种种陷阱和诱惑还缺乏辨识能力和抵抗力；第二，人心太难测了，名和利是双刃剑，你哪知道自己会不会为它所伤；第三，没有后台和背景，一个歌唱演员能成功，除了唱得好，还要有人“捧”，而别人凭什么“捧”你呢？周慕华深知女儿的耿直秉性其实并不适合在娱乐圈发展，她轻声安慰着女儿：只当自己做了一场梦吧……

母亲的生病加上事业上一连串的打击，使得林曦身心俱疲，她需要爱，需要安定，需要一个坚实的臂膀。在一个春风吹拂的季节，二十六岁的欧阳忠和二十四岁的林曦结婚了。没有奢华的婚礼，没有浪漫的蜜月旅行，双方的亲友在饭馆里简单地吃了一顿饭，两人的终身大事就算完成了。

新婚之夜，欧阳忠无比愧疚地对妻子说："林曦，太委屈你了，连个婚纱照都没有拍，连个戒指都没有给你买……你嫁给我可真是亏大了！你真的不后悔自己的选择吗？"林曦满不在乎地摇着头说："傻瓜！有什么能比我们开开心心在一起更重要的呢？我爱你，你爱我，就足够了！"

结婚后，欧阳忠虽然每天奔波劳碌，但是对于沉浸在巨大幸福中的人来说，这一切又算什么呢？

婚后的生活对于林曦来说是一个崭新的开始，有了丈夫的关心、照顾和爱护，她觉得一切都重新美好起来了：母亲的病情得到了有效控制，苍白的脸上又泛起了光彩；欧阳忠把家里大小事务都打理得井井有条；自己在学校里慢慢得到了认可，已经站稳了脚跟；每天看着学生们天真无邪的笑容，感觉世界是那么纯洁和美好……结婚这年的秋天，他们俩的爱情结出了硕果——林曦怀孕了。

得知妻子怀孕，欧阳忠把林曦紧紧地搂在怀里，不相信地一遍又一遍地问道："真的吗？你要当妈妈了？！我要当爸爸了？！我们要有自己的小宝宝了？！"他高兴得像一个辨不清

东南西北的孩子，完全被突如其来的好消息给乐晕了。

林曦依偎在欧阳忠温暖的怀抱里喃喃低语："那你想要一个儿子还是女儿呀?"欧阳忠轻抚妻子的面颊："男孩女孩都喜欢！关键是我们一定要当个好爸爸、好妈妈，让孩子的每一天都健康、快乐、幸福!"林曦使劲点头，小夫妻依偎得更紧了。

一转眼已经是1996年的年底。北京的冬天干燥而寒冷，对于上班族来说，每天从温暖的被窝里爬起来，都是一个艰难纠结的过程。林曦已经怀孕三个来月了，别的女人怀孕都是挑食啊、吐哇，各种娇气和难受，可对于她来说，除了刚开始感觉有些轻微的疲倦，身体状态一直都很好。她每天照常坐公交车上下班，偶尔欧阳忠能早下班来接她一次，她都满足得不得了，一路上总是不停地说呀、笑呀。

有一天，林曦正在等公交车，一辆豪华小轿车戛然停在她身边。车窗落下，她看见一张浓妆艳抹的脸，原来是歌舞团的汤薇儿。汤薇儿一脸同情地说："哎哟，这不是我们的大美女林曦吗？现在在哪儿发财呢？你这大歌星还坐公交呀？去哪儿呀？姐姐我刚好没事儿可以捎你一段!"林曦淡淡地说："不用了!"汤薇儿依然喋喋不休："哦，我出新专辑了，送你吧!"说着从副驾驶的包包里拿出一张光盘递到车窗外，

举着光盘炫耀说："喏，我亲自签了名的哦！"

公交车进站，司机"滴滴"直摁喇叭，汤薇儿还是满不在乎地把车挡在站台上自顾自喋喋不休，有人冲着汤薇儿嚷嚷道："别挡道行吗？没看见大公交要进站吗？"汤薇儿面露愠色："我就爱停这儿了，怎么了？管得着吗？瞧你那副穷酸相，就是典型的仇富！"一句"仇富"激起了几个等车乘客的义愤，他们拍打着车门让她下车"理论"。汤薇儿见势不妙，加大油门仓皇逃走，那张专辑也在混乱中掉在马路牙子上，被着急上车的乘客踩了个稀巴烂。

有个路人好奇地问林曦："这人谁呀？明星？"林曦淡淡地说："不认识。"或许一年前遇见今天这个情形，她会伤心落泪，悲痛不已，而此时此刻，她竟然可以做到心静如水。腹中的这个小生命让她脱胎换骨，让她明白生命中最真实、最宝贵、最重要的东西是什么。

林曦晚上下班回到家，欧阳忠已经在厨房里张罗晚饭。砂锅里炖着鸡汤，屋里面缭绕着热腾腾的香气。客厅电视里正播放着京剧《锁麟囊》，妈妈一边跟着轻哼戏词，一边还忙活着给女儿钩一个围脖——此情此景不禁让林曦鼻子一酸，眼泪差点掉下来，这就是幸福的味道吧，平淡无奇但却真真切切，看得见、摸得着，这不正是自己想要的吗？林曦深吸

一口气，揉了揉眼睛，大声报到："我回来了！"小屋愈加热闹起来。

吃过晚饭，欧阳忠又是帮妻子削水果，又是帮周慕华捏肩膀，又是忙着打扫卫生，还讲了几个笑话逗母女二人，可是林曦总觉得今天的欧阳忠似乎有什么心事。等母亲回房休息，林曦正色道："有什么事，说吧！"欧阳忠这才吞吞吐吐地说："媳妇，我告诉你，你别着急……"

这天上午，上级领导把调令交到他手中时，欧阳忠才知道自己被选中成为首批驻港部队官兵的一员。

捧着调令，欧阳忠还不敢相信自己的眼睛，虽然此前听首长说要选驻港官兵并且条件非常苛刻，但是他从没想过自己会入选。当时挑选驻港部队官兵可以说是千里挑一，除了业务综合素质要极其优秀，还在学历、身高、长相、家庭背景等方面有具体要求，还要经过层层审核并通过严格的体检。

"能进入驻港部队是一种光荣，但是抛下你和病中的妈妈，我实在于心不忍，我想跟首长谈谈咱家目前的情况……"欧阳忠声音越来越低，垂下眼帘，不敢再看妻子的眼睛。

林曦沉默了半晌，缓慢却平静地说："军人以服从命令为天职，这是你的责任，也是你的使命。作为军人的妻子，选择了你，就等于选择了你不确定的人生，从嫁给你的那一天，我就知道我别无选择。你不希望自己做个逃兵，我也不希望自己的丈夫是个懦夫……家里的一切我都能应付过来，你放心吧。”

欧阳忠再也控制不住夺眶而出的眼泪，紧紧拥抱着娇小柔弱的妻子。林曦抚摸着他的头发，眼泪扑簌簌流了下来。两人再也说不出一句话，满腔不舍化作决堤的泪雨。几天后，欧阳忠按时前往深圳驻港部队基地集合进行培训，留给林曦的是无尽的牵挂和思念。

欧阳忠来到驻港部队在深圳的训练基地后，现实情况大大出乎他的意料，每天在训练场上都要接受超负荷的训练，时间紧、任务重、要求高，他以十二分的精神投入到紧张的日常训练中。由于部队的保密要求，在来到基地后基本处于“与世隔绝”的状态，别说短暂的回家探亲或者亲属前来探视，就连打个电话都不可能。想起怀孕的妻子和病中的岳母，他的内心每天都在承受着煎熬。

远在北京的林曦自丈夫离开后每天都在苦等欧阳忠的消息，她不明白恩爱的丈夫为什么这么长时间都不打电话问候一声，难道他不知道自己是多么需要他？哪怕只有一句话语、一声鼓励也好呀。直到二十五天后第一次接到欧阳忠寄

来的书信，她才知道欧阳忠使命艰巨，部队实行封闭式管理，除了执行任务，基本上没什么请假外出的机会。这样训练的最终目的，就是在1997年7月1日，他们将以中国军人的身份到回归后的香港去实现主权，实践一国两制。驻港部队所有的训练都是为了塑造中国军人威武之师、文明之师的良好形象。

4. 有个女孩叫紫荆

“夏条绿已密，朱萼缀明鲜。炎炎日正午，灼灼火俱燃。翻风适自乱，照水复成妍。归视窗间字，荧煌满眼前。”吟诵着唐朝诗人韦应物的《夏花明》，时节已是初夏。

6月末的北京，天气逐渐炎热起来。离预产期还有半个多月，林曦觉得身子越发沉重了，走起路来都很吃力，稍微活动一下就满身大汗。好在学校就要放暑假了，自己也可以安安生生地生孩子坐月子。晚饭后，像往常一样，她会静静地看一会儿书。工作之后，她深感自己的知识储备还需要加强，于是决定利用业余时间备考教育专业的在职研究生。桌子上面新摆着一封信，不用猜，这一定是欧阳忠写来的。就

着柔和的灯光，她缓缓地打开了信笺：

亲爱的小曦，转眼我们分离已经快半年了，我深深知道我欠你，欠我们的孩子，欠咱们这个家的太多太多了，如果可以的话，我希望少说一些亏欠，多为你做点事情。可是穿上这身军装，我代表的就不是我自己……

进入驻港部队基地后，我们开始进行各种培训，培训的内容包括军事训练、业务学习，学习香港的文化、习俗，学习粤语、英语等科目。

我的第一个任务是训练站军姿，这种训练可跟你知道的“军训”大相径庭，军姿要保持：脚离地面25厘米，脚板与地面平行，步幅宽度75厘米，步速每分钟110步……这是阅兵方队正步前行的标准姿势，好在我也是有底子的，还不至于发怵。起初训练时要在前方25厘米高处拉一根绳子，在地面上以75厘米为单位画若干格线，待训练久了找到感觉就要撤掉绳子、擦掉格子。

或许你觉得，不就是站军姿嘛，这有什么难的？可是，你要知道这可是对体力和耐力的极大考验：像木头人一样站上一个小时，要求我们全身各个部位一动都不能动，哪怕汗珠子流到眼睛里也不能眨下眼。就这样，一个小时又一个小时，循环往复，不管高温难耐，还是狂风大雨，训练都不会间断。这里的潮湿和闷热常常让人透不过气，尤其六七月份是深圳最热的时候。你能想象吗？穿着密不透风的军装，扎着皮带，戴着帽子，身上的汗像瀑布一样顺着后脊梁往下淌，袜子和鞋全湿透了，不少人的身上起了痱子、疹子，但从来没有人掉队。头顶烈日炎炎，战士们纹丝不动，几乎每天都有几个人在训练中晕倒，但他们苏醒后自己喝些水，休息一会儿，又马上回到队伍中继续训练。我们的战士都很坚强、很自觉，虽然个个晒得都像“非洲人”，可是我觉得他们太帅了、太强了。

6月30日，期盼已久的时刻就要到了，我急切地想到香港，看看半年来朝夕“相处”却从未谋面的地方。这几天大家的心情都很兴奋，训练之余我们都在讨论着香港是什么样的城市，到那边后会怎样。真希望我们能够顺利完成使命，早日回到你的身边……

“观众朋友晚上好，今天是1997年6月30日，农历五月廿六，欢迎收看今天的《新闻联播》。”

一阵欢快的《新闻联播》序曲响起，原来是林曦的妈妈

打开了电视。十几年了，这是自丈夫老林去世以后，林曦妈妈每天雷打不动的一个“必修课”：晚饭后，盯着挂钟指向6点59分，必定会打开电视收看《新闻联播》节目。想当年，林曦爸爸在世的时候是《人民日报》的资深记者，对国家大事尤其关心，晚餐过后，饭碗一推，倒上一杯清茶，用眼镜布仔细地擦拭干净眼镜片，林爸爸就会很舒服地轻靠在沙发上等着看7点钟的新闻，就像期待一个特别重要的仪式。那时候，林曦的妈妈总是一边忙碌，一边跟丈夫享受着饭后难得的休闲时光。后来，丈夫走了，她依然保留了这个习惯，在她心里，只要电视响起，好像丈夫就坐在那个沙发上，看着他的国家大事，陪伴着他们母女，就像从来也没有离开过……

最近，林曦妈妈更加关注新闻节目了，每天都盯着小小的荧屏追寻着驻港部队的踪迹，还专门准备了录像带，只要看见有相关的内容就赶紧按下录制键，连女儿都笑话她是个名副其实的“追星族”。她说，“儿行千里母担忧”，作为一位母亲，在她心中早把欧阳忠当作亲人，当作自己的孩子。

“小曦，欧阳明天就去香港了，今天肯定有他们的新闻，你快过来看看！”林母招呼着书房里的女儿。林曦缓缓走来，林母扶着她坐在沙发上靠好，母女二人兴致勃勃地围坐在电

视机旁。果然，她们等到了有关驻港部队情况的报道，虽然没有看到欧阳忠的身影，也已经很知足了。在她们心里，荧幕上那一闪而过的一个个刚毅英武的面孔，就代表着欧阳忠，就是他们的思念和期盼。此时此刻，欧阳忠和他们的队伍已经整装待发，今晚他们将带着祖国和人民的重托，见证历史，创造历史。

6月30日午夜，香港会议展览中心新翼灯火辉煌，举世瞩目的中英两国政府香港政权交接仪式在这里的五楼大会堂隆重举行。历史的时钟指在7月1日零点那一刻，大会堂内全场肃立，几千双眼睛向鲜艳的五星红旗和紫荆花区旗行注目礼。这是中华民族长久期盼的一个瞬间，这是永载于世界史册的一个瞬间。零时4分，中华人民共和国主席江泽民在这里庄严宣告：根据中英关于香港问题的联合声明，两国政府如期举行了香港交接仪式，宣告中国对香港恢复行使主权，中华人民共和国香港特别行政区正式成立。经历了百年沧桑的香港回归祖国，标志着香港同胞从此成为祖国这块土地上的真正主人，香港的发展从此进入一个崭新的时代。这一庄严宣告在大会堂四千多位中外嘉宾中激起经久不息的掌声。这一宣告通过电波传向祖国的长城内外、大江南北、澳门和台湾，传向世界的四面八方。

此时此刻，距离香港两千公里外的北京北大妇产医院产房，洋溢着紧张忙碌的气氛。6月30号晚上9点多，守在电视机前等着看香港回归实况转播的林曦，突然感觉肚子一阵疼痛，离预产期还有两个星期，难道小家伙要提前降生了？她赶紧叫妈妈准备，母女二人匆忙打车进了医院。到了医院，医生一检查，二话没说赶紧安排进了产房。

7月1号凌晨，“哇……”伴随着一阵婴儿响亮的啼哭声，她和欧阳忠的爱情结晶诞生了。筋疲力尽的林曦看着小婴儿不停挥舞的手脚，不禁露出舒心的笑容。“恭喜你，是个可爱的小公主。”负责接生的医生由衷地说，“这孩子实在太体谅妈妈了，打你进产房到现在，一个小时都不到，这么快就顺利生产了，真是一丁点儿罪都没受。”旁边的护士长也乐呵呵地说：“可不，瞧旁人都是‘哎哟，哎哟’疼得呼天喊地，她倒好，比母鸡下蛋还简单，一眨巴眼，‘噗’就得了，嘿，你可真棒！”大家被护士长形神兼备的语言和动作逗得笑声一片，刚刚还紧张严肃的产房一下子变成欢乐的海洋。

陪同生产的林曦妈妈也是欣喜万分，松开紧紧握着女儿的手，不住地向医护人员道谢：“谢谢，谢谢你们，我当姥姥了，我当姥姥了！”医护人员包裹好宝宝，把宝宝抱到林曦身边。在与这个幼小的生命接触的一瞬间，林曦的眼泪滚落下来，她喃喃道："欧阳，我们的孩子……我们的孩子……宝宝，谢谢你来到我的身边，妈妈想对你说，虽然爸爸没有陪在我们身边，但是他无时无刻不在牵挂着我们，也无时无刻不在为我们祈福。有了你，即使没有你爸爸的陪伴，妈妈一样很开心！"

林曦妈妈也不禁眼眶湿润了，她轻声对着小婴儿也像是对着女儿说："哟，小家伙，你爸爸可是去干大事了，你可别怪他没来看你呀！香港回归，百年梦圆！现在全世界都在看着你爸爸呢，咱可不拖他的后腿啊，等你长大了呀，你会为你的爸爸骄傲的！"

一句话提醒了林曦，她吃力地探起身子："妈，快看看几点了，转播结束了吗？"林母宠溺地瞪了她一眼："你快给我躺好了，好好歇着，回头看重播吧！想当年我生你的时候都掉了半条命，你这倒好，没事儿人似的，还惦记着看电视！"林曦伸伸舌头，乖乖地又躺了下来，一阵困意袭来，不由得昏昏沉沉地睡着了。

清晨的阳光照在雪白的床单上，林曦轻轻地伸了一个懒腰，元气满满地醒了。环顾着整洁的病房、忙碌的母亲、身旁的小生命，一种前所未有的幸福感包裹着沉甸甸的责任感，甜蜜蜜地向她袭来，不禁让她感慨：生命真是太奇

妙、太伟大了！

病房门被轻轻推开，林曦的好姐妹秦晓满头大汗地赶了过来：“哇，都生了……这么快……林曦你太棒了！快让我看看咱们的小宝贝！”林曦妈妈乐呵呵地说：“这闺女咋跑来了，你不是去上海考察项目了吗？”

秦晓一边喘气一边回答：“本来明天才回来，可这两天我就是觉得心里不踏实，老惦记着林曦，提前买了票连夜赶回来，一下车就赶紧给你家打电话，一直没人接，我就琢磨着是不是要生了，拉着行李就直接奔医院来了。咋不给我打电话呀？不是说预产期14号吗？怎么提前了？”

林曦慵懒地靠在床上，抿嘴直乐：“可不是嘛，这孩子性急，零点出生的。”

秦晓张大了嘴巴：“还真是啊！太有意义了，太巧了！你说你们家欧阳他们今天零点进驻香港升中国国旗，孩子还在香港回归日这天出生，太有纪念意义，太会赶时候了！对了，给孩子起名字了吗？”

林曦说：“跟欧阳商量好了，如果是男孩就叫欧阳志远，如果是女孩就叫欧阳紫荆。因为紫荆花是香港的市花，她爸爸又在香港服役，而且紫荆花的花语是团结和睦、骨肉情深，家业兴旺，永久在一起，不被任何困难分离。”秦晓恍然

大悟："紫荆，欧阳紫荆，太好了！"妈妈周慕华也连连点头。

"你家先生是驻港部队的呀，我昨晚上还看了香港回归的转播呢，太震撼了！"进来查房的小护士听见她们在讨论"驻港部队"和"香港"的话题，便随口说道。

"是吗？快跟我说说，都有啥激动人心的镜头！"林曦连忙向她询问。

"当然是威武雄壮了，反正好多镜头都挺感人的，那些士兵冒雨进驻香港，真威风啊，雨水顺着他们的脸颊滑到脖子里他们都一动不动、眼皮都不眨，尤其是升国旗，哇！那些国旗卫士太帅了、太酷了，真的让人好激动哎……这会儿候诊大厅还在转播呢。"小护士感慨着，看看这里一切正常，又匆匆忙忙去别的病房了。

"秦晓，扶我起来，我要去候诊大厅，我要看转播！"林曦竟然翻身坐了起来。

"哎哟，我的大小姐！你这是玩命呢，咱养好了回家再看行吗？再说被护士逮着不是得挨骂吗？"秦晓责怪林曦不顾身体，哪有刚生产完就下床的！林母也上前阻拦。

"不行，我必须要去！"林曦坚定地说。两行泪水顺着她略显苍白的脸颊滑落下来，让人看了又心疼又无奈。林母和秦晓只好让步，搀扶着她躲过护士来到候诊大厅，果然电视

屏幕上正在重播昨天令人振奋的画面：

23时56分，中英双方护旗手入场，象征两国政府香港政权交接的降旗、升旗仪式开始。出席仪式的中外来宾全体起立，全场的目光都集中到竖立在主席台主礼台前东西两侧的旗杆上。

23时59分，英国国旗和香港旗在英国国歌乐曲声中缓缓降落。随着“米字旗”的降下，英国在香港一个半世纪的殖民统治宣告结束。这时，距零点只差几秒，全场一片肃穆。

7月1日零点整，激动人心的神圣时刻到来了：中国人民解放军军乐队奏起雄壮的中华人民共和国国歌，中国国旗和香港特区区旗一起徐徐升起。全场沸腾了，许多人眼睛里噙满激动的泪花，雷鸣般的掌声经久不息。

伴随着威武雄壮的国歌声，电视画面里出现了一个特写镜头：鲜艳的五星红旗下，一位士兵手握钢枪庄严肃立，他刚毅的面孔与迎风招展的红旗重叠在一起交相辉映，仿佛正在向全世界发出钢铁一般的誓言：祖国尊严不容践踏，国家领土不容侵犯！

“欧阳，欧阳！”林母突然惊喜地呼喊起来，那位士兵正是欧阳忠。林曦也看到了屏幕上的丈夫，激动的泪水喷涌而出，这一刻，她深深地为自己的丈夫感到骄傲和自豪，这一

刻将永远闪耀在她的心里，这一刻将成为她记忆中的永恒……

伴随着女儿欧阳紫荆的到来，现实生活的重压一步一步让林曦喘不过气来。孩子生病的时候，她忙碌地往返于学校和医院。母亲因为肾衰竭，每个星期都要到医院去做三次透析，她要在下班后匆匆接完孩子又接老人。学校的各项考评和备课上课、柴米油盐……每每她感觉自己已经到了快要崩溃的边缘，可是想到远方的欧阳，她咬着牙坚持着，从没在外人面前流露出一丝的为难。哪一对相爱的人不希望朝朝暮暮、耳鬓厮磨，可当爱情遭遇了两地分离，将要接受怎样的时间、空间的考验呢？分离一年多来，两人将缕缕思念和爱意汇作封封情书。时光在流逝，信笺上的墨迹在变淡，可是他们的感情却越发坚贞、美丽。

亲爱的小曦，你上封信说孩子又生病了，高烧不退，这是一个月以来的第三次了。我上次刚给你拨通电话，你说要带孩子去医院，没说几句就匆匆挂掉了，我的心里难过极了，我知道这时候自己什么忙也帮不上。所以，每当想到一个家的分量都压在你柔弱的肩膀上，我就万分愧疚和自责……

这一段工作太忙，又是军事演习，又是综合考核，苦和累自不必说，总结起来就是四个字：摸爬滚打。要带兵就要“身先士卒”，要让战士服气就要有“真本事”，看着我手下的新兵逐渐成长，这也是我唯一感到欣慰和自豪的吧。我不会说啥漂亮话，只希望千里之外的你照顾好自己……

11月，紫荆花开的季节，连队里来了新兵，当看到小伙子们满怀热血、兴致勃勃地来到这个向往中的东方之珠，未免有些感慨，啊，时间过得好快，转眼来香港都已经一年半了。看着这些来自天南地北的新兵蛋子，我想得更多的是，能够带好他们，希望他们能站好每一班岗，完成每一次任务，别在香港人面前丢驻港部队的脸。从1997年开始，我们驻港部队就有着良好的声誉，希望他们能继续发扬，保持良好作风。

离开熟悉的北京，前往一个陌生的城市，说实话，我也曾经犹豫过，舍不得温暖的家庭，但在你的大力鼓励和支持下，我还是踏上了新的征程。走进新的工作环境，我忙得跟陀螺一般，谁让咱是业务标兵呢，是不是？“我不扛枪谁扛枪，我不站岗谁站岗”呢？上半年，全体官兵都在忙着军演训练；前一段，新来连队的士兵需要抓紧培训走也走不开；这个月，领导又下达了新任

务……工作一项接着一项，与你们见面的时间又要往后延了……而你，一年半载也难以带着孩子利利索索地出门，我只能在夜深人静的时候看着你们娘俩的照片亲上一遍又一遍。

前几天，战友的媳妇带着女儿前来探亲，看到他们一家人幸福的笑脸，我的心里空落落、酸溜溜的……听到他的女儿甜甜地叫了一声“爸爸”，虽然不是叫我，但是我的心一阵发紧、发痛，眼泪止不住一下子就流出来了。你说，如果紫荆哪天也能叫我一声“爸爸”，我该有多幸福啊……

耳鬓厮磨的温馨化作晓看天色暮看云的清冷，夜深人静的时候，林曦拿起欧阳忠寄来的一封封书信，寻找着精神的慰藉。窗外，秋风萧萧，秋雨沙沙；灯下，相思寸寸，伊人憔悴。她挥笔而书：

两地书，相思情，离别苦，与君同。或许分离是上苍赐予我们的礼物，或许思念是考验我们心心相印的赤诚。两情若是久长时，又岂在朝朝暮暮——愿我们俩相爱到永远，携手到白头……

5. 爸爸去哪儿了

小紫荆牙牙学语了。

有一天，林曦下班刚推开家门，正在姥姥怀中的小紫荆冲着她露出甜美的笑容。林曦开心地说："宝贝，妈妈回来了！"小紫荆突然挥舞着小手，清楚响亮地喊出了："妈妈！"

突如其来的惊喜让林曦内心翻滚着汹涌澎湃的甜蜜，她忍不住紧紧抱着小紫荆，一遍遍亲吻着她的小脸。这是妈妈最幸福的时刻，无论付出怎样的辛苦，在这一声"妈妈"唤出时，都烟消云散了。

林曦找出周慕华特意录制的驻港部队进驻香港的实况录像，指着画面中行进的队列、冉冉升起的五星红旗对女儿

说："快看，这是爸爸……爸爸……"她一遍遍耐心地教着，直到"爸爸"两个字从女儿的小嘴里轻快地发出，她多么希望此时此刻欧阳忠可以亲耳听见女儿的呼唤。

紫荆上幼儿园了，看到身边的小朋友都有爸爸妈妈，可是自己只有妈妈和姥姥接送，她第一次认真地问了一个问题："爸爸去哪儿了？"

林曦告诉她："爸爸在香港服役，要保护香港的小朋友哇。"

紫荆又问："他为什么要保护别的小朋友不保护我呢？"

妈妈就回答："爸爸也在保护你呀，只要咱们想他了，他就会出现在面前呢。不信你闭上眼睛，爸爸就在你眼前呢。"

小紫荆慢慢地闭上眼睛："妈妈，我看不到爸爸呀。"

妈妈说："要用心去想呢。"

静静地闭了会儿眼睛，小紫荆张开眼睛兴奋地说："我看见爸爸了，他在红旗下面向我招手呢，还在笑！爸爸还跟我说话了，说等他回来要送给我一面画着紫荆花的红旗！"

妈妈说："为什么要送你画着紫荆花的旗子呢？"

小紫荆一脸骄傲："这都不知道？这是香港特别行政区的区旗，上面有紫荆花，跟我的名字一样！"

五岁那年，有一次，幼儿园的几个小朋友一起"比爸爸”。阳阳说：“我爸爸给我买了变形金刚。”妮妮说：“我爸爸有大汽车。”胖胖的鹏鹏说：“我爸爸带我去肯德基吃汉堡包、薯条、鸡翅，还送小玩具呢。”说着他从口袋里掏出两个可爱的哆啦A梦机器猫小玩偶，其他小朋友们羡慕得直流口水，争着想摸一摸，只有小紫荆在一边默不作声。鹏鹏得意起来，扭头对她说：“你爸爸是不是不要你了？所以不带你去吃肯德基。”小紫荆毫不示弱：“姥姥说油炸的食品不健康，吃多了会变胖，变胖就会越来越丑越来越笨了，我才不要吃肯德基！”鹏鹏不高兴了，又找不到好的理由回击，就狠狠地说：“你爸爸就是不要你了，你没有爸爸，要不他怎么从来没接过你呀?!”紫荆的小脸涨得通红：“我有爸爸！我会让爸爸来接我的!”

小孩儿斗嘴，说过就忘了，但是小紫荆不会忘。她抿着小嘴暗暗下决心，一定要让爸爸来接她一次，一定要让胖鹏鹏看看，自己不是没有爸爸，自己的爸爸是最高大威武的、最疼爱她的爸爸。她聪明的小脑袋瓜里立即想出一个好主意：到后海去找爸爸。因为妈妈曾经告诉过她，妈妈跟爸爸就是在那里相遇的，爸爸帮妈妈打捞相机，妈妈觉得他勇敢又无私，就爱上了爸爸，才有了他们这个家。

去年夏天，爸爸回来探亲，带小紫荆和妈妈去后海玩得

可开心了：他们去荷花市场看小乌龟和小金鱼，还去划船、逛街，吃奶酪、冰淇淋、糖葫芦、护国寺小吃。那天妈妈打扮得可漂亮了，穿上了她最喜欢的天蓝色连衣裙，脖子上挂的就是当年爸爸帮她捞出来的那个相机呢！那可是一款古董级的德国莱卡相机哦，妈妈说这是姥爷在世的时候最喜欢的宝贝，是1954年生产的一款德国莱卡M3，摸起来又精致又光滑，捧在手里沉甸甸的，拍起照片来咔嗒咔嗒像唱歌，怪不得妈妈爱不释手！妈妈还说这是个“抗造”又值钱的相机呢，那天在水里面泡了半个多小时，回去保养擦干净晾干，一点儿问题都没有，你说神不神？爸爸也说这个珍贵的莱卡相机是他跟妈妈爱情的见证呢！

那天，妈妈拿着相机不停地给他们父女拍呀、拍呀。爸爸化身小紫荆的“座驾”，一路把她驮在脖子上，哇，自己一下子长成了“巨人”，好威风啊！爸爸的大手强壮有力，像个大吊车一样，轻轻一抓就把她高高举过头顶。他们还在南锣鼓巷坐着丁零丁零响的三轮车在胡同里转啊转啊，路两旁的柳丝欢快地舒展着迷人的身姿，头顶的天空像妈妈身上的蓝色裙子一样好看，成群的鸽子飞舞盘旋，动听的鸽哨久久地在耳畔回响……

可惜，快乐的时光总是短暂，爸爸马上又要回部队了。

那天，她和妈妈去机场送爸爸。爸爸要走进闸口挥手告别的那一瞬间，她突然挣脱妈妈的手，冲上去抱着爸爸的大腿不松开。爸爸蹲下来安慰她说："你是军人的女儿，一定要坚强，懂吗？如果你想爸爸了，就在心里面默默呼唤'爸爸'，爸爸就是离得再远也会感受到也会听到的。"小紫荆不相信地歪着脑袋问："你真的能听到吗？"爸爸用温暖的手掌托起她的小脸，一边帮她擦眼泪，一边认真地说："会的，一定会的！爸爸保证！"她懂事地点点头，虽然还不懂"坚强"的意义，但是她认为"军人"肯定是特别伟大特别光荣的人，做的事情一定是非常重要的、神圣的。她既然是"军人"的孩子，肯定也要具备和这种"伟大"和"光荣"相对应的要求或者品质。她抽泣着，松开了爸爸的衣襟……很久很久，望着爸爸乘坐的那趟航班滑出跑道升入云霄越来越高越来越远，直到再也看不见，她才依依不舍地拉着妈妈的手离开。在心里，她默默记住了爸爸刚才说过的话。

不能不说小紫荆从小就是个"有勇有谋"、自尊心又极强的孩子。这些天，胖鹏鹏和小伙伴们质疑的话语像把锋利的小刀子，令小小的她感到受伤和难过。她暗暗下定决心，一定要证明给他们看。这个机会很快就来了，一天中午，吃过午饭后小伙伴们都被幼儿园的阿姨带到休息室午休，不一会

儿，孩子们都乖乖地睡着了。小紫荆可没有睡着，她假装眯着双眼，可是耳朵却在听着周围的声响呢。她偷眼看到老师正在打盹，于是悄悄翻身下床，一溜烟地跑出了楼门。

还别说，这么个小小的孩子“反侦察”意识还挺强，从幼儿园综合楼到大门口还有一百多米的距离，她知道走大路肯定会“暴露目标”，所以猫下腰躲在道路两旁的灌木丛里一点一点匍匐前进。真不知道她是从平常观看爸爸的训练视频学来的，还是军人女儿的天性使然。快到大门口时，她机警地探出脑袋。这里看管得非常严格，传达室的保安叔叔可不是吃素的，不到放学，大门都是紧锁的，想要随便进出可真不是一件容易的事情。可是，那天也巧了，有位老师刚刚出门办事，招呼门卫打开了电动门，门卫刚准备关门，传达室的电话丁零零地响了起来，他转过身接了个电话。这些事情串在一起，整个过程也不会超过一分钟，可是小紫荆竟然躲过门卫的视线，神不知鬼不觉地溜了出去。

溜出院门后，小紫荆呼哧呼哧地狂奔起来，像一头脱了缰绳的小马驹，几分钟就来到离校门口不远的公交车站。作为一名“资深”小乘客，她对这几条公交线路是熟得不能再熟了。往常姥姥接她放学回家就是坐公交车，她们为了打发无聊的等车时光，经常做的一个小游戏就是“背站名”，她能从起点站背到终点站呢。上次姥姥接她回家，一路上还考她，坐这趟车怎么倒车可以回家，怎么倒车可以去妈妈单位，她都丝毫不差地答出来了。末了，她还特别有“心计”地问姥姥，那去后海怎么坐车呢？姥姥详细做了解答。这下，上面学到的那些她真的用上了，是的，她此次“出逃”的目的地就是——后海。

中午时分，站台上等车的乘客并不多，除了小紫荆只有四个人：一个是打着阳伞戴着墨镜的冷傲中年妇女，一对外地口音卿卿我我黏在一起的小情侣，还有一位六七十岁的老人。这位老人的眼神不大好，看不清楚进站车辆是哪一路，过来一辆车就会询问一遍身边的墨镜阿姨“我的车到了吗”，问了好多遍后，那位阿姨不耐烦了，干脆站在一边不理老人，不住地用小手绢擦着汗。热心的小紫荆听见老人的询问，马上礼貌地走过去说，奶奶，咱们乘坐的是同一趟车，车到站了我告诉您。老人开心极了，不住地夸她懂事呢。不一会儿，汽车到站了，紫荆引导着老人上了车，上车后看见有空座还特别周到地搀扶老人入座，小嘴还甜甜地说：“奶奶您坐好。”本来这么小的孩子一个人上车，售票员肯定会过问的。但是因为小紫荆是跟老人一起上的车，老人又以为她是旁边那位妇女的孩子，所以谁也没有在意，谁也没质疑这位

“小乘客”。就这样，小紫荆竟然一个人成功抵达了后海。

此时此刻的幼儿园可真是“炸了营”！午休时间结束，老师叫小朋友们起床，突然发现铺位上少了一个孩子，赶紧找呀！楼上、楼下、厨房、厕所、操场，恨不得每一寸地都翻个遍，愣是找不着。老师吓得哇哇大哭，幼儿园园长急得暴跳如雷：“好好的一个小孩，睡着觉怎么会莫名其妙地失踪呢？刚才问了门卫，中午根本没有外人进来过！你们是怎么看孩子的？好好的待在幼儿园，这会儿能把人给弄丢了，怎么跟家长交待？这可是天大的责任啊！哎哟！哎哟！”园长急得直跺脚。突然有一位老师提醒，既然园里找不到，那这孩子会不会是趁午休时间溜出去了？大家这才想起来去监控室查看进出行人的监控录像，这么一瞅才发现中午 1 点钟左右，有个小黑影在学校大门口一闪而过，像一只敏捷的野猫。园长指示监控人员，把图像放大，再放大——众人定睛一看，这可不是野猫，这明明就是紫荆啊！幼儿园方面一边迅速报警，一边让老师通知紫荆的妈妈。

中午时分，在学校吃过午饭后，林曦回到办公室继续在电脑上查找资料。一会儿，一阵困意袭来，她疲惫地揉了揉双眼，不禁靠在椅子上迷迷糊糊地打起盹儿来。她太累了！想当初，本来以为和丈夫的分离最多也不过是一年两年的事，可如今一晃五年过去了，丈夫的归期依然未到。两年前，欧阳忠跟她说，马上就可以回来了，可是还没顾得上高兴，部队又有了新的指示：第一，由于欧阳忠所处岗位的特殊性和重要性，他这种能“传帮带”的中层干部在部队稀缺；第二，几年来他身先士卒威望极高，为部队培养出了很多优秀人才，领导还想派给他更艰巨更繁重的任务。他跟林曦说，兵还要继续带，岗还要继续站，所以……他们还要继续当“牛郎织女”。

林曦理解丈夫，支持丈夫的选择，在家和国之间，她心中的天平从来都没有偏移过。可是自从女儿呱呱坠地，现实生活的重压确实一步一步让林曦喘不过气来。

孩子小，头疼脑热是常事，孩子每次生病，都让林曦感觉比打了一场硬仗还艰苦。紫荆的姥姥身体羸弱，她怕累着老人，尽量不让母亲跟她一起到医院奔波。第一次带孩子在儿童医院看病那天，一进门她都惊呆了，只见医院里人山人海，每个窗口前面，都有无数的家长在排队等候，挂号、化验、等结果、候诊、拿药……她发现儿童医院是她去过的最恐怖的地方。孩子们哇哇的哭声叫声、大人们焦急的面容、拥挤不堪的人群、一等就是几个小时的候诊、让人摸不着头脑的各种程序……几乎所有来看病的小朋友身边都有一大群

人帮忙照应，只有林曦犹如三头六臂般背着尿不湿、奶瓶、孩子吃的喝的，手里拿着各种单据，怀里抱着小紫荆举步维艰。她一个人吃力地扛着、咬牙坚持着。孩子的病好了，她也累得发烧。学校公事、家中琐事全部压在她一个人柔弱的肩膀上，她感觉自己已经到了崩溃的边缘……

手机铃声骤然响起，吓得她心脏突突猛跳了几下。林曦定了定神接起了电话，没想到竟然是幼儿园的老师打来的："孩子失踪了，学校已经报警，你如果有孩子的消息第一时间通知校方！"犹如晴天霹雳，惊恐万分的林曦本能地拨通了丈夫的电话。这个时候，颤抖得如同寒风里的一片落叶的她多么希望听到欧阳忠坚定有力的声音啊，多么希望欧阳忠告诉她，没关系，我们的女儿不会有事的……可是连拨几遍，听筒里的提示永远是无人应答，她颓然放下电话，几乎昏厥……

紫荆……紫荆……我的孩子在哪儿呢？你在哪儿呢？

她的脑海里出现了各种各样可怕的镜头：她看见小紫荆被绳索捆绑丢到一辆车上拐跑了；她看见小紫荆蓬头垢面跪在地上乞讨，人贩子还用鞭子不住地抽打她；她看见小紫荆不小心被一辆急驶的汽车给撞飞了，倒在路边鲜血直流；她看见小紫荆在一个黑暗的屋子里哭着叫妈妈……她再也克制不住似决堤的泪水，发疯一般狂奔出校门，沙哑着喉咙呼喊：“紫荆……紫荆……”

公园、护城河、游乐场、图书馆、商场里的亲子乐园……三伏天里，林曦挥汗如雨，把小紫荆经常去的地方找了个遍，依然一无所获。她正在人行道上喘气，忽然看到一个像紫荆模样的小女孩，被一个男人拉扯着往前走，孩子则倔强地挣扎着不肯挪步。

“放开我的孩子！”她不知哪儿来的勇气，大声呼喊着冲上前去，像一头凶猛的母狮子，劈手夺过男子手中的孩子紧紧搂在怀里。男子吓了一跳，愣了一下，回头破口大骂：“你神经病吧，疯婆子！”

林曦定睛一看，原来那孩子不是紫荆，是自己认错人了。小女孩蓦然受了惊吓，哇的一声哭了起来，任由父亲拉扯着离去。林曦怅然若失，蹲在地上不禁放声大哭。围观的人群指指点点：不会真是个疯子吧……哭了一会儿，她踉踉跄跄地站了起来，目光呆滞，面无血色，一步步往前走啊走啊……突然，一个趔趄，林曦眼前一黑，晕了过去。

一辆出租车戛然停在不远处，从车上飞奔出来一个清瘦高挑的短发女人，此人不是别人，正是她的好朋友秦晓。原来，林曦的妈妈下午在医院给秦晓打来电话，告知秦晓紫荆

“失踪”的事情。这么多年来，林母看着林曦和秦晓一起长大，由于秦晓从小缺少母爱，她一直把秦晓当成自己的女儿疼爱，秦晓在内心也尊她为妈妈。秦晓打了一辆车来到医院，先安顿好老人，让她耐心在家里等，随即准备驱车去紫荆的幼儿园再了解一下情况，可巧在路上就看到了失魂落魄的林曦。“林曦！”她抱起好姐妹心疼得掉下眼泪，在出租车司机师傅的帮助下，他们把林曦紧急送到了附近的医院。好在医生检查后说是中暑，输点液，稍事休息就没事了。

再说小紫荆来到后海，心里念念不忘一定要找到爸爸。可是她在心里默默呼唤了无数遍“爸爸、爸爸”，却依然看不到爸爸的身影。

她走过野鸭岛，想问问岛上的鸭子：“你们知道爸爸去哪儿了吗？”她走过荷花市场，想问问衣袂飘飘的荷花仙子：“爸爸去哪儿了？”她走过连接后海和什刹海的银锭桥，想问问汉白玉的桥栏杆：“爸爸去哪儿了？”她走过一条条胡同，想问问天上的鸽子：“爸爸去哪儿了？”她看见上次卖给他们糖葫芦的老大爷，想问问他：“爸爸去哪儿了？”……她走呀，走呀，走得脑袋上汗水津津，又渴又累，可是爸爸到底在哪儿呢?!

左手提溜着鸟笼子、右手摇晃着大蒲扇的陈大爷在茶馆

喝完茶出来，在人群中注意到了紫荆。他刚开始以为紫荆是附近街坊的孩子，可是看到她东张西望像要找什么人的急切表情和紧抿的小嘴又觉得像是走丢的孩子，于是上前询问："嘿，小孩儿，你爸爸妈妈呢？"紫荆看了他一眼，并不答话，继续往前走，因为妈妈曾经交代过她"不要和陌生人说话"。怕吓着孩子，陈大爷一路慢慢跟着。他越想越不对，不行，自己不能不管，这么点大的孩子，走丢了咋办？遇见坏人咋办？

陈大爷紧走几步，举起手里的鸟笼子对紫荆说："你猜我的鹦鹉会唱歌吗？"这招果然奏效，小紫荆好奇地说："它会唱歌？"陈大爷把鸟笼的"笼衣"掀开，一只毛色锃亮的翠绿色鹦鹉扑棱棱出现在面前，小紫荆惊呼："好漂亮啊！爷爷，你快让它唱歌！"陈大爷轻轻敲着鸟笼子跟鹦鹉说："小翠，唱一个！"那只鹦鹉歪着小脑袋叫了两声："你好！你好！"然后开始表演"歌曲大联唱"，一会儿是"妹妹你坐船头，哥哥在岸上走"，一会儿是"没有花香，没有树高"，一会儿还唱起了"我是一个兵，来自老百姓"。

小紫荆听得入了迷，听到鹦鹉唱"我是一个兵"，惊喜地对陈大爷说："我爸爸也是一个兵！"陈大爷不动声色地问道："那爸爸在哪儿呢？"紫荆叹了一口气，老老实实地回

答："他去香港了，我找不到他了。"陈大爷说："所以你就偷偷溜出来找爸爸，是吗?"小紫荆欲言又止，低下头轻声嗫嚅道："他们说爸爸不要我了，我要把爸爸找回来，我要让小朋友们知道，我爸爸可威风可厉害了!"天真无邪的话语让陈大爷一阵心疼，他拿出手机对小紫荆说："这样吧，咱们让警察叔叔一起帮你找爸爸吧。"不一会儿，警察迅速赶到，向陈大爷表示了真挚的感谢，然后带走了小紫荆。一场惊天动地的"找爸爸"事件至此尘埃落定，众人终于长长地舒了一口气。

幼儿园园长和老师亲自把小紫荆送回家，向家长再三致歉。姥姥双手合十念起了"阿弥陀佛"，林曦抱着失而复得的女儿热泪长流，再也不愿意松开……

这个事件过后不久，三位国旗班的叔叔英姿飒爽地齐步走进小紫荆所在的幼儿园，参加了"小小国旗班"的成立仪式。这三位叔叔像爸爸一样高大、健硕、刚毅，小紫荆看见他们简直亲切极了。叔叔们给小朋友介绍了国旗的来历，展示了队列训练和升旗动作，向他们赠送了学习用品和书籍，还和孩子们在操场上一遍一遍地演练怎样升旗。

升旗仪式上，作为"小小国旗班"旗手的小紫荆身穿红色的升旗手服装，在小朋友们崇拜的目光中和解放军叔叔一起走到旗杆下。小紫荆手捧鲜艳的五星红旗，正步走、转

身、立定、高高擎起，把手中的红旗递给了国旗班的叔叔。叔叔庄严地接过国旗，把国旗在旗杆的拉绳上挂好，然后展开红旗，帅气优美地一举一抛，只见五星红旗划出一道漂亮的弧线，呼啦啦迎风伸展开来，所有的人都面向五星红旗行注目礼。“我们万众一心，冒着敌人的炮火，前进前进前进进！”伴随着雄壮的国歌声，五星红旗冉冉升起，在湛蓝的天空里迎风飘扬。

此时此刻，小紫荆的心里满满的都是骄傲和自豪。仰望着这片耀眼的鲜红，她仿佛在国旗上看到了爸爸，爸爸微笑着对她说：“你真是一个好孩子、好旗手，你太棒了！爸爸的目光会像这迎风飘扬的五星红旗一样，一直注视着你、陪伴着你快快成长！”

6. 东方之珠

小河弯弯向南流，流到香江去看一看。东方之珠，我的爱人，你的风采是否浪漫依然？月儿弯弯的海港，夜色深深灯火闪亮。东方之珠，整夜未眠，守着沧海桑田变幻的诺言。让海风吹拂了五千年，每一滴泪珠仿佛都说出你的尊严；让海潮伴我来保佑你，请别忘记我永远不变黄色的脸……

1997年，对于全球华人来说是个极其重要的年份，就在这一年的7月1日，中国南方美丽的港口城市香港，终于结束了长达百余年遭受英国殖民统治的历史，正式回归祖国的怀抱。同年，一首由著名音乐人罗大佑作词作曲并演唱的歌曲《东方之珠》，因为颇具代表性地呈现出香港的沧桑巨变，因此在回归的气氛中在大江南北流传开来，成为众多以香港为主题的流行音乐作品中最为著名的一首。

在这首旋律优美舒展、歌词深情凝重的作品中，罗大佑以其感人肺腑的真诚、富于想象力的拟人化描述，将香港比作一个饱经沧桑的恋人，既有对她往昔坎坷岁月的追忆、今日迷人风采的赞叹，也有对她忠贞不渝海枯石烂的誓言，表达了作者对香港沧桑历史的感叹、对国家民族的强烈认同、对香港回归的期盼，以及对香港的热爱。歌曲中那略带一丝感伤和忧郁的描述，跨越了历史的浩渺时空，给人一种强烈的情感冲击，多少人咏唱起这首悠扬凄美、一唱三叹、感人至深的歌曲，都不禁心潮澎湃，热泪横流。

从牙牙学语开始，小紫荆就会唱这首歌，妈妈也爱跟她一起唱，妈妈告诉她，这个“东方之珠”就是指香港。在小紫荆的想象中，这个“东方之珠”一定是个极美丽、极优雅迷人的仙女，这个仙女也无数次地出现在她的梦境里：

她有着月亮一样光洁的脸庞、瀑布一样摇曳的长发、曼陀林一样美妙的歌喉……每当夜幕降临，她从茫茫大海的深处踏浪而来，手里托举着一颗晶莹剔透、璀璨夺目的夜明

珠，海风吹拂得她裙裾旋旋、秀发飘飘。伴随着海浪拍打礁石的沙沙声，她纵情歌唱，那歌声宛若妈妈唱过的小夜曲，又好像风儿和海浪的和声；那声音，很美很美很美、很远很远很远、很静很静很静……

一时间，仙女手中的明珠把夜空照亮，天上繁星点点，海上波光粼粼，分不清是天上还是海上，是梦境还是仙境。小紫荆循声走去，沿着沙滩去追寻那宛若天籁的动人歌声，可是这声音时弱时强，好像在跟她捉迷藏。她跑呀跑呀，沿着那耀眼的光芒，沿着那动听的旋律。不知何时，小紫荆走到一束绚丽的聚光灯灯光下，天地化作一个巨大的舞台，而自己就站在这个舞台的中央。小紫荆身着闪闪发光的美丽纱裙，踮起脚尖，挥舞着小手，在温暖柔润的沙滩上伴随着仙女的歌声翩翩起舞，她转啊跳呀唱啊，身体竟然如小鸟般灵活轻盈。柔润的海风像爸爸的双手轻抚她的小脸，平和恬淡的夜空像妈妈温柔注视的眼睛。小小的她陶醉地伸展着双臂，仰望，月朗朗，星灿灿，天空深邃而神秘；低头，小贝壳、小海螺，欢快地眨着眼睛……

“紫荆，快起来！太阳照屁股了！”呀，是谁把自己从梦境中唤醒？小紫荆睡意蒙眬地揉了揉双眼，粉红色的小脸像一朵含苞待放的玫瑰花，而且这朵玫瑰花上还挂了一颗晶莹

剔透的“露珠”——那是她嘴角挂着的口水。她揉了揉眼睛，发现妈妈今天好开心哪，一边整理房间一边哼着欢快的歌曲。她觉得妈妈唱歌可好听了，像海里的仙女唱的那样好听。

“妈妈，我又梦见‘东方之珠’姐姐了，她在海上唱着好听的歌儿，我就伴随着她的歌声跳啊跳啊，嗯……我还看见了你和爸爸，还有很多很多小贝壳、小星星……”小紫荆兴奋地跟妈妈说着她的美好梦境。

妈妈说：“那你想不想亲眼去看一看这位仙女姐姐呀？”

“想！”小紫荆睁大了眼睛，不可思议地望着妈妈。

“好，那咱们明天就去，让我们先准备准备给爸爸带什么好礼物吧！”妈妈乌黑闪亮的眸子里面满是喜悦的光芒。

“真的吗？哦，要去见爸爸咯！”幸福来得太突然了，小紫荆振臂欢呼，高兴得满床翻起了跟头。

虽然以前也跟妈妈去过几次香港，可是因为年纪太小，她的印象也仅限于繁华的街道、熙攘的人群、摩天轮、迪斯尼乐园等。这一次，五岁多的小紫荆将在爸爸妈妈的带领下，认识一个以前她不知道的香港。

她第一个认识的是紫荆花。

“杂英纷已积，含芳独暮春。还如故园树，忽忆故园

人。”这是唐代诗人韦应物的《见紫荆花》。

香港的11月正是紫荆花盛开的时节，因此到处都能看见紫红、粉紫、粉白的紫荆花绚烂地开放着。单株的紫荆花，满树繁花可自成一景，而成行成片的紫荆花，则更是蔚为壮观，灿若云霞，可媲美樱花。紫荆花具有花期长、花朵大、花形美、花色鲜和花香浓等五大特点，从深秋到次年暮春，花期长达几个月，直到进入初夏，枝头的花朵依旧笑脸迎人。落英缤纷的时候，随风飞扬的花儿纷纷扬扬地飘落，地上铺满花瓣，清风徐来，掀起片片粉色的花瓣飞舞盘旋，不禁让人驻足细细品味，流连忘返。而紫荆花的叶子更有一种韧性，无论风吹雨打，那叶子从不轻易飘落，常绿繁茂，颇耐烟尘，非常适合于做行道树。紫荆浑身是宝，树皮含单宁，可用作鞣料和染料，树根、树皮和花朵皆可入药。

“爸爸妈妈，原来紫荆花这么漂亮，这么坚强还这么有用，所以你们才给我取跟它一样的名字是吗？”仰望着一团团一簇簇吐蕊怒放的紫荆花，小紫荆的脸上满是骄傲。

“当然了，不过紫荆还代表着别的意思，你想知道吗？”爸爸朝她眨了眨眼睛故意卖关子。小紫荆伸长了脖子，急等着下文，欧阳忠爱抚地摸了一下她可爱的小脸徐徐道来。

在中国古代，紫荆花就常常被人们用来比拟亲情，象征兄弟和睦、家业兴旺。晋代文人陆机有诗云：“三荆欢同株，四鸟悲异林。”此诗后来逐渐演化为兄弟分而复合的故事。有这么一个典故：传说南朝时，京兆尹田真与兄弟田庆、田广三人分家，当别的财产都已分置妥当时，发现院子里还有一株枝叶扶疏、花团锦簇的紫荆花树不好处理。当晚，兄弟三人商量将这株紫荆花树截为三段，每人分一段。第二天清早，兄弟三人前去砍树时发现，这株紫荆花树枝叶已全部枯萎，花朵也全部凋落。田真见此状不禁对两个兄弟感叹道：“人不如木也。”后来，兄弟三人又把家合起来，并和睦相处。那株紫荆花树好像颇通人性，随后恢复了生机，且生长得枝繁叶茂。紫荆把根深深扎在百姓人家的庭院中，一直是家庭和美、骨肉情深的象征。

小紫荆第一次听到这个故事，没想到自己的名字这么有来头，而且还有这么多美丽的诗句赞美它。她认认真真地听完讲解，突然恍然大悟般地跳起来：“我知道了，香港的市花是紫荆花，区旗上面也是紫荆花，就是告诉大家香港跟北京、上海、广州等所有的城市都是祖国母亲的孩子，都要手

足情深团结一心，对吗？”

“是啊，所以紫荆花的花语就是：团结和睦，骨肉情深，家业兴旺，永久在一起，不被任何困难分离。”小紫荆对知识的汲取能力和举一反三的能力令欧阳忠夫妇颇为欣慰。远处高高飘扬的香港区旗吸引了小紫荆的目光，她手指着区旗：“爸爸妈妈你们听，紫荆花在风里唱歌呢！”

妈妈顺着她手指的方向说：“你看，旗中有一朵白色洋紫荆花。洋紫荆花是香港区花，代表香港。鲜红底色与国旗的底色一样，代表祖国，象征香港是祖国的一部分。花中的五星与中华人民共和国国旗上的五星相对应。区旗用红白两色做主色，象征香港实行一国两制，所以洋紫荆图案被改成了白色。”

他们来到香港会展中心新翼的海边，在那座著名的大型青铜雕塑“永远盛开的紫荆花”下面照了一张全家福。多年后，无论遇到怎样的困难和挫折，金光闪闪的紫荆花都一直盛开在他们一家人的心中。

欧阳紫荆认识的第二个地方是维多利亚港。维多利亚港简称维港，是位于香港岛和九龙半岛之间的海港，世界三大天然良港之一。由于港阔水深，风光旖旎，亦有“东方之珠”及“世界三大夜景”之美誉。海港的西北部有世界最大

的集装箱运输中心之一的“蔡涌货柜码头”，繁忙的渡轮夜以继日地穿梭于南北两岸之间，渔船、邮轮、观光船、万吨巨轮和它们鸣叫的阵阵汽笛声，交织出一幅幅美妙的海上繁华景致图。

沿维多利亚港一路走一路看，香港艺术馆、香港太空馆、怀旧的天星小轮码头、星光大道……两岸美景不胜枚举。一座座高楼大厦鳞次栉比，现代化、国际化的气息扑面而来。白天，这里有蓝天、白云、碧水；夜晚，灯火璀璨，愈加辉煌灿烂，“东方之珠”的迷人魅力尽显。维多利亚港的出口位于东西两边，黎明，在船上观看朝阳从海底跃上海平面的瑰丽景色也颇让人震撼。

一百多年来，维多利亚港的地位远远超越了一个普通的港口：从位置及地貌上来说，它是香港的中心，是香港重要的天然资源，更是香港市民生活的一部分，每天数百万人次为生活、为理想、为追求跨越南北两岸；在经济上，它拥有世界上最繁忙的集装箱港口，见证着香港的商贸、经济和旅游业的兴衰；在文化上，维多利亚港及其两岸的建设、发展、喜庆盛事乃至日常琐碎，均书写着香港的历史和文化内涵，为香港这个国际大都市不断增添着华彩和魅力。

紫荆认识的第三个地方就是爸爸所在的中环军营。

从星光大道远眺港岛，一眼就可以看到那座著名的倒酒瓶形建筑——中国人民解放军驻香港部队大厦。军营位于香港岛中区金钟海旁，与远东金融中心和龙和道相邻。不远处就是爱丁堡广场、汇丰银行、国际金融中心，是香港最密集的商业中心区。因为这个位置可以说是“寸土寸金”，所以中环军营也被称为世界上最昂贵的军营。爸爸告诉她，能够在中环军营工作，是所有驻港军人的梦想与追求呢。

爸爸轻声哼唱起一句歌词：“朋友来了有好酒，若是那豺狼来了，迎接它的有猎枪。”咦，这不是妈妈经常唱的《我的祖国》吗？原来爸爸也会唱！小紫荆提议要全家一起唱，于是，一首嘹亮动听的三重唱响彻在迎风飘扬的五星红旗下。小紫荆觉得现在的自己，有爸爸妈妈陪伴左右的自己，是多么开心幸福啊！

夜幕降临，一盏盏明灯次第亮了起来，眼前一片五彩斑斓的繁华景象。如果没有爸爸的讲述，小紫荆真的难以想象在这光辉和平的灯火映衬下，爸爸所在的中环军营正如香港所经历的百年沧桑一样，有着这么多不为人知的过往，承载着这么多荣辱与悲欢，而自己的爸爸正是香港主权回归和防卫交接这些神圣时刻的亲历者、见证者，她为爸爸感到由衷的骄傲和自豪。

爸爸还跟小紫荆母女讲了许多让他记忆深刻的故事。

“香港回归前夕，我们那时候没有手机，营区里也没有固定电话，与家人联系都靠书信往来。说实话，大家的心情有些紧张，但也很期盼，使命感、责任感非常强烈。幸运的是，香港和平回归，驻港部队进港一切顺利……进港后，有一幕让我终生难忘：军车缓缓向前行驶，一位香港老婆婆老远看见后掉头就往家跑。当时我心里‘咯噔’一下，暗想，难道香港老人这么害怕我们解放军吗？很快，那位老婆婆又从屋里跑了出来，一手拿五星红旗，一手拿紫荆花区旗，高高举起来，向我们不停地挥舞，嘴里面高声呼喊着：‘欢迎、欢迎，热烈欢迎，欢迎亲人解放军进驻香港。’那一瞬间，和着雨水，泪水流了出来……我永远也不会忘记老人那饱经风霜的面庞……

“进港的第二天，也就是1997年7月2日，一名战士正在营门口站岗，门外几名打扮妖艳的女青年搔首弄姿，摆出各种动作企图吸引战士的视线。而此时，二十米外有一个摄像机正在隐蔽拍摄。我们的战士连眼睛都没眨一下，巍然不动，军姿严整。最后，几名女青年无计可施，无趣地走了。设想一下，战士只要动一动，很有可能第二天就会有不实新闻被炮制出来。类似这样的事情还有很多，驻港部队官兵们

用实际行动赢得了尊重，粉碎了一些别有用心的人的阴谋。

“驻港部队，除了要展示威武之师形象，还要展示文明之师形象。平时我们都刻苦训练，在营区对外开放日，表演军事课目，如拳击、对抗等，展示军人过硬的本领。此外我还学习打陕西腰鼓，与战友们一起为香港市民表演。每到开放日，香港市民都扶老携幼前来参观，常常向我们伸出大拇指。1999年，我与战友们登上香港红磡体育馆参加国庆五十周年庆祝演出活动，第一个节目就是我们的《威风锣鼓》，那场面，别提有多精彩与热烈了，赢得了满堂彩。

“还有一件事让我印象深刻，有一次，我们连队的士兵在营区门口站岗时，有两个外国人前来照相。原来，他们就是原驻港英军，香港回归后特意来看看人民解放军驻港部队是什么样。他们看到我们战士的飒爽英姿和严律军纪后敬佩之情溢于言表，不住地向我们的战士伸出大拇指。

“在一个高度开放的社会里，我们实施的是封闭式管理，所以有人称驻港部队是一个‘隐形部队’。驻港士兵平时首先要进行大量的体能训练，其次做得比较多的就是技能训练和战术训练。驻港部队军营的每个清晨，没有起床号，没有哨声，除了值班干部发出的指挥口令外，部队几乎不喊口号，以免影响市民的日常生活。为减少飞行噪音对市民的干扰，

驻港空军部队则将训练时的飞行高度提高了一百五十米。由于实施全封闭式管理，普通香港市民几乎不会接触到驻港部队官兵，普通士兵要出入军营，也需严格审批。

“在驻港期间，每名士兵只有一次外出逛街的机会，就是退伍离岗前一天，但即使逛街也有着严格的纪律。所有的人必须身穿便装，统一乘坐大巴外出。七八个人分成一组，上午游香港海洋公园，下午到九龙购物。不允许进入服务娱乐场所，不允许在外面餐馆吃饭，不允许购买进出海关的违禁物品……”

芬芳馥郁的紫荆花，迷人的维多利亚港湾，神秘的中环军营，还有那一个个动听的故事，勾勒出了香港在小紫荆心目中的华彩与神韵，她终于如愿以偿地认识了璀璨夺目的“东方之珠”，但是那位唱歌的“神仙姐姐”呢？什么时候才能再次走进梦乡，与她一起翩翩起舞、纵情歌唱？

7. 太阳的味道

2002年的11月，在驻港部队服役将满六年之际，欧阳忠交流回原单位转业了。脱下军装的他穿上了警服，成为北京市公安局勤务指挥部的一员。从军人到警察，从香港到北京，时空转换，身份转变，他特别庆幸的是自己还能继续当一个兵。朝思暮想的妻女就在眼前，美好的明天触手可及，他真的感到太幸运、太知足了。

看过很多美好的童话，故事的结局都是“王子和公主从此过着美好幸福的生活”。紫荆觉得自己的爸爸妈妈就是这样，经过六年的分离，终于团聚了。从此，一家人幸福地生活在一起，再也不分开，自己再也不是那个被人嘲笑“没爸

爸疼爱”的孩子了。

爸爸回来之后，这个家一下子变得不一样了。声音不一样了，以前妈妈和姥姥说话都是轻声细语，现在离老远都能听见爸爸浑厚的男中音；气味不一样了，以前家里是暖暖的甜甜的味道，现在又增添了另一种有张力的醇厚的味道，就像清晨太阳照耀森林而散发出的阵阵松柏和草木的清香。

那天早上，爸爸第一次送紫荆上幼儿园。当高大魁梧的欧阳忠拉着小紫荆的手出现在幼儿园门口时，小朋友们行注目礼般投射出羡慕的眼光：“你爸爸好高好帅呀。”小紫荆就把小胸脯挺得高高的：“你们还没有看见过我爸爸穿制服的样子呢，那才叫酷呢。”以前她那么喜欢幼儿园，现在她却期盼能早点放学、早点到周末，好在爸爸妈妈的带领下到北京天文馆认识星空和宇宙，到动物园去看狮子、老虎和大象，去石景山游乐园坐碰碰车和旋转木马，去植物园欣赏各种神奇的花草……

最开心的是爸爸带她去了梦寐以求的水上乐园，爱玩水是每个孩子的天性，可是因为妈妈“恐水”，所以每次看到别的小朋友可以在水里尽情嬉戏，她都只有狠狠咽唾沫的份儿。比如她说：“妈，我想和点点、阳阳他们去划船。”妈妈肯定会说：“妈妈不会游泳，掉下去谁救你呀？”比如她说：

“那咱去水上乐园吧，那儿小朋友可多了。”妈妈肯定回答：“我可不去，跟下饺子似的，多闹腾啊！”她是个听话懂事的孩子，纵然心里面有一百个“我要去”，也只好可怜巴巴地撇撇嘴，她可不想让妈妈不高兴。

听爸爸说，妈妈“恐水”是因为有心理障碍。那是妈妈十来岁的时候，有一个夏天的晚上，她跟姥姥、姥爷去护城河边遛弯，突然发现前面聚了一大堆人，好像在护城河里找什么东西，还有警车停在旁边。“这儿干吗呢？”她非常好奇，就蹦蹦跳跳跑过去挤进人群里看热闹，结果第一眼就看到了“蛙人”托拽着一个已经溺亡的人慢慢浮上水面……她吓得尖叫一声，小脸煞白煞白的，姥姥、姥爷赶紧上前抚慰，可是已经于事无补了。

从那天之后，妈妈就得了“恐水症”，最严重的时候，用脸盆洗脸她都不敢闭眼睛，去浴室洗澡从来只用淋浴不敢用浴缸。有一次，姥姥放了一大浴缸的水准备清洗羽绒服，妈妈去洗手间发现浴缸里飘着洗衣粉的泡沫，吓得“嗷”的一声跑出来了，连声说“浴缸里面有东西”，搞得姥姥也差点儿神经质了，后来家里干脆就把好好的浴缸给拆了。随着时间的推移，妈妈“恐水”的症状有所缓解，可是她从来不敢学游泳，所以从小到大她都是一只“旱鸭子”。哦，对了，伴随

着“恐水”还有个后遗症是“恐扎堆儿症”，比如遇见“看热闹”的人群，妈妈总是有多远就躲多远。

有一次，看见马路牙子上有一堆人聚拢在一起吵吵嚷嚷，妈妈见状赶紧绕道而行。小紫荆突然想恶作剧一把，挣脱妈妈哧溜一下就往前钻，结果你猜怎么着？没想到妈妈脸都吓白了，腿一软就蹲在地上。小紫荆赶紧回来搀扶妈妈，看见妈妈的眼睛里满是眼泪呢！妈妈的胆子竟然比兔子还小，从此小紫荆可再也不敢轻易挑战妈妈的“底线”了。“唉，这个‘小兔子’妈妈需要我来保护呢！”她就安慰妈妈说自己是个拥有神奇力量的“超人”，如果妖怪胆敢吓唬妈妈，她就“嘿嘿哈嘿”把它们打得落花流水。还别说，这招真奏效，妈妈立即就破涕为笑了。如今有爸爸在身边就更不同了，有了父女两个“保护神”，妈妈再也不用害怕脑子里那些吓人的东西了。

开心的事情简直太多了。有一天晚饭前，欧阳忠把女儿叫到身边，从口袋里面掏出一个东西藏在手心里，一脸神秘地让紫荆猜是什么。

紫荆忽闪着大眼睛：“棒棒糖！”爸爸摇头。

“巧克力！”爸爸还是绷着嘴不说话。

“嗯……小贝壳！”爸爸还是使劲摇头。

“到底是什么?”小紫荆耍赖,小手企图抠开爸爸的拳头,可“吭哧吭哧”掰了半天,爸爸的大拳头还是纹丝不动。她一着急,张嘴就“咬”,爸爸吓得赶紧把手藏到背后,小紫荆就转着圈去“捉”这只手……看着这父女俩嬉笑打闹,妈妈和姥姥在旁边乐开了花。看到紫荆气急败坏生气嘟嘴的样子,欧阳忠把拳头放下缓缓打开——原来是一把普普通通的钥匙。

小紫荆失望地嘟起嘴巴:“原来是把钥匙!”

爸爸纠正她:“嘿,我说闺女,这可不是普通的钥匙呀,这可是咱们的家。”

原来,欧阳忠终于分到房子了,虽然只是个两室一厅的旧房,但是对于他来说已经分外感恩了。结婚这么多年,自己连个窝都没有,一直住在岳母家,尽管周慕华把他当作亲儿子,可是内心里,他总觉得亏欠林曦,亏欠这个家。“金窝银窝不如自己的狗窝”,现在终于有了房子,他欧阳忠也算是有了立足之地了。

周慕华吩咐林曦:“快,把咱家橱柜里那瓶好酒拿出来,待会儿咱们好好庆贺庆贺!”林曦嗔怪:“妈,您又不能喝,瞎张罗什么呀!”周慕华瞪了女儿一眼:“我不喝,我女婿就不能喝了?!快去快去!”林曦听罢笑嘻嘻地去把酒和酒杯找

出来，一家人围坐在一起，举杯庆祝。小紫荆也举起了自己的小碗儿嚷嚷着“干杯、干杯”，一一和大家“碰杯”。暖意融融的灯光下，欢声笑语的一幕定格为最难忘的瞬间。

爸爸忙，妈妈也忙，新房根本没有时间打扫和装修，所以姥姥家注定是永远的“大本营”。而且姥姥家在西城区，新家在朝阳区，如果从新家去妈妈单位有二十多公里，将近一个半小时的路程，而姥姥家则近多了。再说，他们一走，姥姥一个人多孤单啊，还有姥姥做的油条、饺子、炸酱面给谁吃啊？那可是全北京都吃不到的美食呢。

2003年的春夏之交是“SARS”肆虐的时期，整个中国，就连不认识二十六个英文字母的人，也早已熟悉了“SARS”这个单词所代表的恐惧。北京早在当年3月份就被世界卫生组织列为疫区，街道上的人们捂着厚厚的口罩，只露出一双惊恐的眼睛，恐慌成为比非典更可怕的病毒。最严重的时期，所有公共娱乐场所都关停了，幼儿园、学校也纷纷放假，人们如惊弓之鸟躲在家里，除了必要的物资采购，根本都不敢出门。地铁、公交上乘客寥寥无几，商场、店铺门可罗雀，一派死气沉沉的萧条景象。

爸爸被抽调到“北京防治非典型肺炎联合工作小组”执行任务，从5月份开始就没怎么回过家，中间偶尔给家里打

个电话，没说几句就匆匆挂断，真不知道他一天到晚到底在忙什么。

姥姥连连叹气："你说非典这么厉害，别人都是躲着走，欧阳他们却得迎着头上！天天保障这个保障那个，谁去保障他们哪？你说这样工作多危险啊？！我一看电视上报道的疫情，哎哟，心里头都瘆得慌……"

林曦也担心："这都好几个月了，啥时候是个头哇？都不知道这些日子欧阳他们天天是怎么过的，上次他回来，脸色铁青、胡子拉碴，肯定没有休息好，身上那个臭哟，我都怀疑他十多天没洗澡……"

小紫荆插话："姥姥、妈妈，你们不要担心，爸爸跟我说他是国家的卫士，无论是谁遇到困难都应该帮助别人、保护别人，因为卫士拥有世界上最神奇的力量，可以排除万难、战无不胜，所以他一定不会有事的！"

姥姥喃喃道："还'神奇'的力量？他就凡人一个，有啥神奇的？还能像哪吒有三头六臂呀？"

紫荆着急了，据理力争道："爸爸跟我说过'狭路相逢勇者胜'，因为爸爸非常勇敢，所以他能打败一切困难！"

姥姥拉过小紫荆左看右看："小曦，看见没，'有其父必有其女'，我咋发现这孩子跟欧阳越来越像了？瞧这小嘴巴巴

的，说得还头头是道！‘因为’和‘所以’都来了，还没教过她语法呢！”

妈妈又自豪又责怪地说：“你说这欧阳，天天把我们紫荆当男孩子养！不让她去学游泳吧，她爸爸就偏带她去，到那儿把她‘扑通’往泳池里一扔就任由她‘喝水’，我看得都吓死了，她爸也不让我吭声！结果，你知道她多皮实吗——从来没下过泳池，呛了几口水竟然扑腾起来了，还瞅着我俩傻乐呢！也不知道害怕！你说这孩子是不是缺心眼儿啊，咋跟个假小子似的?!”

姥姥就搂着小紫荆夸道：“咱紫荆可是比你强，你呀，从小就被吓破胆儿了，干啥事都小心翼翼的。我是觉得女孩子泼辣一点挺好的，这个社会呀，你拿自己当宝，别人可不会拿你当宝，就得学会皮糙肉厚，刀枪不入……”

被姥姥的话语戳中，一段依稀的往事泛起，林曦若有所思地沉默起来，姥姥赶紧岔开话题：“紫荆，给妈妈背一首刚教给你的《短歌行》。”小紫荆朗声背诵道：

短歌行

曹操

对酒当歌，人生几何？

譬如朝露，去日苦多。

慨当以慷，忧思难忘。

何以解忧？惟有杜康。

青青子衿，悠悠我心。

但为君故，沉吟至今。

呦呦鹿鸣，食野之苹。

我有嘉宾，鼓瑟吹笙。

明明如月，何时可掇？

忧从中来，不可断绝。

越陌度阡，枉用相存。

契阔谈宴，心念旧恩。

月明星稀，乌鹊南飞。

绕树三匝，何枝可依？

山不厌高，海不厌深。

周公吐哺，天下归心。

林曦听着女儿一字不落、字正腔圆地背诵完全诗，不禁鼓掌表示夸奖，不是亲耳所闻，真不相信她竟然能记下这么长的句子，整整一百二十八个字呢！紫荆刚刚六岁，在姥姥的教导下已经能背三百多首诗歌了。而且她小小年纪记忆

力、理解力和逻辑能力都非常强，比如你教她背李白的《送孟浩然之广陵》，她就会告诉你，她还会背李白的《赠汪伦》《送友人》和《赤壁歌送别》，然后一一背诵。你问她为什么要这样连着背呀，她就会告诉你："这几首诗都是李白写的'送别'诗。"姥姥说，她教紫荆背诗从来都是随心所欲，想起来一首教一首，从来没有教过她归类和总结。这么聪明的孩子，在她一辈子的教学生涯中，也算是罕见呢。

紫荆跟妈妈、姥姥已经窝在家里一个多星期了，天天背古诗、学数学、垒积木、下象棋，实在是没有什么可玩的了，心里简直憋得都快长草了，天天吵闹着想出去放放风。正好这几天电视上播报说近期疫情有所控制，林曦就想干脆带着紫荆去新房那里打扫打扫卫生，规划着怎么做个简单的装修，再添置一些家具。新房离欧阳单位比较近，他经常加班加点到深夜，有时候怕回家惊醒老人和孩子，就常常在单位沙发上凑合一宿。如果把小房子收拾好了，他也方便舒舒服服回家洗个澡睡个觉啊。

想到这里，林曦就给欧阳忠发了一条短信："家里很好，你忙得怎样？保重身体，注意安全！今天没事，我带女儿到新居看看。"

"叮咚"，没想到这次欧阳忠马上就回复了："老婆辛苦了！我很好，上午刚从小汤山巡视回来，情况还是不容乐观，我们还要继续奋战一段时间。上午正好有老家的三个孩子来了，我待会儿带他们回去，咱们就在附近一起吃个饭，吃完饭下午2点半我单位还有会议，马上就得走，到时候你帮我安置一下这几个孩子。”

林曦就跟周慕华说：“妈，欧阳说他老家来人了，中午让我跟他一起吃饭，还得帮他安置几个孩子。”

周慕华说：“哦，那你带紫荆去吧，孩子都半个月没见她爸了！还有啊，别慢待了欧阳的乡亲。”

“知道了！”林曦答应一声，给自己和紫荆口罩、帽子、手套“全副武装”一遍之后，匆匆出门。

8. 美丽人生

乘坐着只有母女两个人的“专车版大巴”，她们顺利到达了位于朝阳区光明桥附近的“新家”。

这还是她们第一次来看这所房子，以前的住户搬走了，屋里面散落着杂七杂八的废弃物，又脏又乱。客厅里有几件破旧的长条沙发和桌椅、茶几等家具，卧室里还有一张双人床，一看就是八十年代左右的款式，少说也用了二十年了。厨房里的橱柜和灶台上积了一层厚厚的油渍，垃圾箱里长了一层毛，散发着发霉的味道……走到阳台上，视野倒是豁然开朗，远处竟然是一潭明晃晃的湖水，沿岸杨柳轻摆，湖中绿波荡漾，几艘小船在水面上浮着，野鸭子不时扑棱着翅膀

从半空俯冲到湖里，漾开一道又一道的波纹……

“紫荆，你快来看，这边有一个湖!”真没想到这个破旧的高楼附近还藏着如此美的景致。林曦摘下厚厚的“面具”，大口大口地呼吸着清新的空气。

小紫荆也发现了新大陆：“那边还有个摩天轮!”顺着女儿手指的方向看去，果然，湖水的西岸矗立着一座巨大的摩天轮。哦，对了，她突然想起来，这个摩天轮是属于北京儿童游乐园的，很小的时候自己曾经来过，那么这个湖就应该是二环边上的龙潭湖了。记得那时从北京游乐园出来，对面就是龙潭湖公园的西门，爸爸曾经带她来逛过庙会、放过风筝……以前没有从这么高的地方俯视过龙潭湖的全景，这么一看，竟然不比后海的景致差呢！喜欢小清新的林曦对这所小房子特别满意，她筹划着如果好好装修一下，倒也不失为一个诗情画意的所在呢。

“叮咚”，一声清脆的门铃声响起，林曦从猫眼里看了看，欧阳忠就在外面，她赶紧开门。

欧阳忠身后紧跟着三个背着破旧的行李、浑身上下脏兮兮的年轻人，看来他们就是欧阳说的“老乡”了。

“婶儿，你好!”三个小伙子怯生生地给她鞠了个躬，林曦忙点头，招呼他们放下行李。

小紫荆已经像小猴子一样“噌”的一下爬到了爸爸的怀抱里。“想爸爸了吗?”欧阳忠捏着女儿的鼻子，逗得紫荆咯咯直乐。

“想!”紫荆拉长了腔，“我跟妈妈都想你，妈妈还想哭了，但是我没有哭，因为爸爸说让我照顾好妈妈，我必须要坚强!”

“哦，是吗?我女儿太了不起了!”欧阳忠夸张地加重了语气，在紫荆的小脸上亲了一口，目光心疼地投射向妻子。

“哎哟，爸爸的胡子扎疼我了!”紫荆大声抗议。林曦抱女儿下来:“别闹了，没礼貌，也不跟几个哥哥打招呼!”

“他们是谁呀?”紫荆歪着脑袋问。

“他们是爸爸老乡的孩子，是咱们的亲人，你要叫哥哥!”欧阳忠解释。

“大哥哥好!”小紫荆礼貌地打着招呼，大眼睛忽闪忽闪，小脸笑意盈盈，还小大人似的跟几位哥哥“攀谈”起来，拉着他们跑到阳台上看大湖。

欧阳忠环顾着他们的“新家”。拿到钥匙到今天，这么久了，他也是第一次来到这里。虽说屋里有些脏乱，但前住户留下了一些老家具和淘汰的电器，打扫干净倒是可以让几个年轻人先暂时安身。

“这是村头王大哥家的孩子宝华，这是德旺哥家的孩子长华，这是三表哥家的孩子益盛。”欧阳忠一一介绍道，“走吧，先去填饱肚子，边吃边说。”他招呼大家下了楼，小区楼下一家“福华肥牛”火锅店还开着，众人走了进去。

一进餐厅，一股巨大的消毒水味呛得人差点流眼泪，欧阳笑着说，这店家就差拿消毒水把餐馆泡进去了。偌大的餐馆只有两桌客人而且还都离得很远，大概都怕“互相传染”吧，这种情形看起来着实有点可笑。非典期间百分之九十以上的人都不敢出去吃饭，很多饭馆干脆关张了，为了解馋“不怕牺牲”的食客毕竟不多。

四盘羊肉、两盘肥牛端上来，这三个年轻人简直眼睛都绿了，甩开腮帮子狼吞虎咽起来。欧阳忠见状又加了两盘羊肉和两盘肥牛，还有十碗米饭和二十个火烧。

林曦眼睛都看直了：“我的妈呀！这得多少天没吃东西了，这简直就是‘饿狼传说’啊！”

她可没有胆量吃一口东西，拿消毒纸巾把餐具擦了一遍又一遍，把紫荆的小手都快擦秃噜皮了，还嫌不干净呢！

欧阳招呼她：“别‘洁癖’了，没事儿，这都消过毒了！”

林曦推说“最近减肥”，只是象征性地吃了几片果盘里的苹果。紫荆可不管不顾，左手抓着麻团、右手举着火烧，吃

得正欢呢。欧阳看着女儿，满脸都是自豪的笑："你看，这才是我的女儿呢，大口吃肉，大口喝汤，长得壮壮！"

林曦白了他一眼："你是培养野小子呢，没点女孩儿样！"

趁着几个人"埋头苦吃"，林曦悄悄把欧阳忠叫到一边："这是什么情况啊？"

原来，这三个怀揣"淘金梦"四处闯荡的年轻人，听说老乡在北京发了财，一商量就从老家义乌带了一批货，想在北京打打市场。几个人过完春节来到北京，租了一间便宜的小旅馆开始圆梦之旅，迎着料峭的寒风，操着浓重家乡口音的普通话，他们的足迹踏遍了西单、王府井等各个商圈的店铺，可是收效甚微，没有几个人买他们的货。坚持了一个月，别说住旅馆，连包方便面都快买不起了，几个人犯了难。看着他们天天愁眉苦脸，旅馆老板给他们"支招"：不如去繁华地段的过街天桥或者地下通道试试，但有一点，一定要"跑得快"，因为会有城管抓。三个年轻人心一横——豁出去了，学着别的游走商贩的样子，在地下通道摆起了摊儿，没想到效果还不错，当天就挣了三百多块钱，他们别提多高兴了。到了第三天，他们刚摆上东西，就看见别的小贩撂下东西哗啦一下就散了，还没反应过来，已经被几个城管"人赃俱获"，全部商品被没收了不说，连口袋里的五百块钱也充当了罚款。

三个身无分文的年轻人回到旅馆希望老板再让他们住几天，可是老板眼一瞪："我们小本生意概不赊账，有钱就住，没钱您拿好铺盖卷儿，拜拜了您哪！不送！"三人一边骂着老板出馊主意还势利眼，发誓以后发达了一定拿钱来砸他，一边在北京大街上漫无目的地游荡。三人中益盛年纪最小，胆子也小，提议不如回家算了。宝华却坚决不同意——就这么回去，咱面子往哪儿搁呀？还不被别人笑话死，我就是在这儿捡破烂、出苦力，也要把这口气挣回来！宝华是三个孩子中最大的，今年二十五岁，长华和益盛分别是十八岁和十七岁。既然宝华这么说，两个小跟班也立即表示拥护，决定先去火车站凑合一宿，第二天再去找活儿干。进了火车站，找了一个比较暖和的角落，三个落难的年轻人挤在一个铺盖卷里相互取暖，怀念着家乡佛堂的手工拉面、冻米糖……

"听弟兄仨的口音是江浙人吧？"不知什么时候，一个五短身材的中年男子出现在他们面前，他上身穿深蓝色羽绒服，脚下蹬一双耐克运动鞋，手里拖着一个旅行箱，看样子是刚下车的乘客。中年男子颇有点"见面熟"，看三个小伙子上下打量他，就套近乎道："火车站里面可不让随便过夜，你们要是没车票的话，待会儿可有人过来撵你们！"益盛着急

道："那怎么办？"宝华瞪了他一眼不让他吭声。那位中年人见状吃惊道："你们还真没有车票啊，哎呀，那可惨了，现在抓得可严了，逮着就按'盲流'处置，赶紧挪地儿吧，别说我没告诉你们啊。"说完中年人准备离开。长华和益盛紧张得面面相觑，宝华站起来上前一步说道："老板，我听您口音是本地人，能给我们仨找个活儿吗？"中年人一拍大腿："咳，缘分啊，你们算是问对人了，我在建筑工地有工程，一天一百，包吃包住，你们愿意不愿意去？！"

宝华不禁在心里面念佛："这可真是天无绝人之路啊，那还犹豫什么呀，先有个落脚地混口饭吃啊！"二话没说，弟兄仨跟这个"好心的老板"来到了京郊一个建筑工地。本计划干几个月挣点钱再伺机"翻身"，没想到打开春北京就闹上了非典而且越来越严重，工地上干几天停几天，吃饭也是饥一顿饱一顿，住的条件特别差，在工地打地铺，雨天漏雨，晚上漏风，老鼠臭虫遍地走……

"啊，他们几个太轻信人了，北京还有这种地方，没人管吗？！"林曦难以置信地皱起眉头。

欧阳忠缓缓地说："他们第一次出来闯荡，涉世未深又年轻气盛，如今遇到了难处，咱得帮一把，乡里乡亲的我不能坐视不管啊。"

“在工地条件苦，要换工作是吗？”林曦急着听下文。

欧阳忠苦笑道：“真是换工作那么简单就好了，他们仨把工头给捅了，现在工头在医院里躺着呢，非得讹他们四万块钱，说不给的话就报警抓他们……”

林曦张大了嘴巴：“啊？把人给捅了？!”

欧阳忠苦笑：“这不是被逼的嘛，脑袋冲动，着人家的道了!”

原来，这三个年轻人干了三个多月，看工地上有一搭没一搭的老停工，就商量着干脆回老家得了，这么干耗着也不是个事儿。再说，正是年轻力壮能吃能喝的年纪，工地上一日三餐只有馒头就咸菜、夹生烂米饭，连口荤腥都不见。来的时候说好是一天一结账，可到了这儿工头就变卦了，几个月一分钱都不给。他们仅剩的那点零钱早就花光了，别说打个牙祭，连个白面馒头都买不起了。实在受不了了，他们几个就找工头讨工钱，准备拿了钱就走。

没想到，工头欺负他们没见过世面，阴森着脸撂下一句话：“要钱没有，要命有一条。”三个人反复哀求他哪怕给一半工资，不让他们白跑一趟就行，没想到他竟然一拍大腿厉声威吓道：“走，可以，老子不给一分钱。要想拿钱，啥时候把工程干完啥时候结账。”说完叼起一根烟，一边满不在乎地

端起茶杯吹了吹上面漂浮的茶叶，一边鄙夷地冷笑："臭蛮子，敢找我要钱，活得不耐烦了！"

弟兄几个被他惹得火起，宝华一手揪住他的脖领子，一手夺过他的茶杯狠狠摔在地上怒吼道："快还我们血汗钱！"长华和益盛也握紧了拳头，眼睛瞪得血红。工头勃然大怒，照宝华的脸上就是狠狠一耳光，嘴里骂道："反了你们了，兔崽子，老子好心收留你们，吃我的喝我的，你还得倒找我钱呢！"

爹妈把自己养这么大，宝华哪受过这样的侮辱，他发疯般地操起桌上的水果刀，嘴里喊着"我杀了你！"。说时迟那时快，众人还没反应过来是怎么回事，就已经看见工头肥硕的肚皮上被攮了一刀。

宝华见了血才吓蒙了，哆哆嗦嗦丢下了水果刀。工头杀猪般地鬼哭狼嚎起来："快来人！杀人了！"这时候五六个工头的小喽啰一拥而上，把三个年轻人围起来，嘴里嚷嚷着"报警！报警！把他仨弄进去偿命。"三个人被结结实实地捆绑起来，扔进了工地里的一个小破屋。

过了大半晌，工头委派一个满脸横肉的瘌痢头过去"谈谈"。瘌痢头嘴里叼着一根烟，一摇三晃地走进小屋，看着捆在一处的三人佯装同情道："啧啧啧……你说你们何苦来着，有话不能好好说呀？这回你们这事儿可闹大了——杀人行凶啊，重罪！你们这辈子可完咯！”

看三个人默不作声，他又凑前一步，拍着宝华的肩膀：“唉，不过谁让你大哥我心软，可怜你们无依无靠的，刚才呀我还替你们求了半天情来着，好说歹说，‘头儿’也真是菩萨心肠，念在你们年纪小不懂事，也许可以……放你们一马。”

“真的？”益盛天真地睁大了眼睛。

瘌痢头叉着腰阴阳怪气地说：“当然是真的了，我替大哥做主了，你们是愿意‘公了’啊，还是‘私了’啊？”

三个年轻人面面相觑：“咋‘公’咋‘私’？”

瘌痢头冷笑一声：“‘公了’就是报警，进局子，最少判你们十年八年的；‘私了’就是你们一个人打一张1万的欠条，哦，宝华兔崽子是主犯，得2万！限你们三天之内把这钱拿出来，否则，二话不说，咱们就局子里见！”

宝华不服气：“公了就公了，老子好汉做事好汉当，人是我捅的，要杀要剐冲我来，跟他们两个没关系！”

长华和益盛则要求“私了”：“宝华，咱着人家的道了！那么多人看着你把那一刀捅进去的，人证物证都死死的，说不过去啊，你进去你老婆孩子可咋办?!”

就这样三个年轻人各打了一张欠条：兹借工头王金权4

万元租房、培训费用，其中宝华2万，长华、益盛各1万，双方商定某某日还清……写完每个人都按了手印，才允许他们给家里打电话，让家里寄钱。

欧阳忠对林曦说："三表哥知道后给我打了个电话，让我带警察去把坏人给抓了，说这帮王八蛋欺负咱家孩子太老实，让我这个'公安'给他们点教训，把他们'老窝'给端了。可是，咱们是法治社会，我能这样做吗？三个孩子千不该万不该，不该动刀子，工头有错，咱们有法律、有解决的办法，我随后也会帮他们找律师，但是他们伤了人也要承担法律责任啊。"欧阳忠一口气说完事情原委，一脸沉重。

"太欺负人了，太卑鄙无耻了，分明就是借伤讹诈嘛！"林曦愤愤不平，"那后来呢？"

"我跟同事借了钱，开车去工地把他们接了回来，工头肚皮被扎破了，好在皮厚也不是要害部位，没出人命。"欧阳忠呐呐道，"媳妇，我知道咱家不富裕，一下子拿这么多钱出来也不是容易的事，但是我真的不忍心让三个孩子经历牢狱之灾，那种地方，你不知道，真的会给一个人的一生留下阴影！他们三个的人生才刚刚开始，我宁愿花点钱替他们买个教训，适当的赔偿还是必须的。"欧阳忠布满血丝的眼睛湿润了，他握住妻子的手说："请你理解！"

林曦此刻的心里真是五味杂陈。说实话，对于丈夫的做法，她也不是不理解，可是为什么要自己去垫钱管这事儿呢？家里又不富裕，花钱的地方一大堆……

欧阳忠跟她商量："我想让他们先在咱们这儿待上几天，一是就这样让他们衣衫褴褛、身无分文地回去有点太寒酸，你手头有钱的话先给他们一些零用；二呢，除了宝华想回老家，另外两个孩子想托我给他们找份工作。"看来欧阳是要"好人做到底"了，林曦深深知道丈夫的脾气，他决定的事，十头牛都拉不回来，她轻轻叹了一口气："我就按你说的安排吧。"

林曦偷眼看了一下那三个年轻人，被食物填充后的他们瞬间恢复了青春的活力，面色也红润起来了，精神头也足了，比第一眼看见他们时简直像换了一个人。她缓缓地对丈夫说："这儿你甭管了，赶紧去开会吧！"

"谢谢你小曦！我娶了个深明大义的好老婆！"说着，欧阳忠看四下里没人注意，飞快地在林曦脸上狠啄了一下，羞得林曦红了脸。"呀，她还是那个容易害羞的小女生！"欧阳忠的脑海里浮现出那年那月他们的第一个吻，那时的她害羞起来就是眼前这个样子……

紫荆陪妈妈去了一趟银行和超市，取了钱，还给几位哥

哥买回来一大堆吃的喝的、洗漱用品等。林曦对他们说："房子以前是空的，还没来得及收拾，咱们先打扫一下凑合着住下来。你叔帮你们处理事也不是一天两天能完，我这里还有些钱，一部分留给你们吃饭，余下的你们去买件新衣服。你叔交代了，让你们别见外，就拿这儿当家。"

经历了几个月的"非人待遇"，在这个陌生的城市里，三个年轻人从满怀理想到伤心失望，从勤奋拼搏到被人欺骗和愚弄，刚来北京时的那份雄心壮志已经消失殆尽，而眼前这个温柔贤惠的"城里"婶婶却给予了他们暖暖的亲情和关爱，他们真是又感动、又感激、又惭愧。

宝华哽咽着说："婶儿，这所有的一切都是因我而起的，我以后一定混出个人样来报答你和我叔……"说完他泪如雨下，多日来的委屈和惊吓此刻终于得到释放，纵然是七尺男儿也不禁泪湿衣襟。

几天后，宝华回老家了，欧阳忠委托林曦给他买了飞机票，还给他买了很多北京特产让他带回去，怕他不好拿，林曦和小紫荆一直把宝华送到机场办完托运手续。宝华百感交集地离开了这个让他恨又让他爱的城市，即将走进安检通道，他突然在众目睽睽之下转过身朝着林曦娘俩扑通跪下，然后擦了擦眼泪，站起身头也不回地走了。

望着他失落的背影，林曦的眼睛也禁不住湿润了……小紫荆晃着她的手："妈妈妈妈，哥哥刚才为什么要跪下呀？他是感谢你和爸爸吗？"

林曦蹲下身对女儿说："你爸爸做这些事从来都没有想过让他'感谢'，我们也不需要这样的'感谢'，如果他真的要'感谢'我们，就把过去一切不好的东西忘掉，好好做人吧！"

小紫荆懂事地点点头："一定会的！大哥哥一定会做个好人的，我相信！"

小紫荆还说："我也要像爸爸那样帮助别人，这样世界上就都是好人，没有坏人了！"林曦欣慰地笑了。

宝华经历了这件事情之后，回到义乌老家，踏踏实实地到处寻找商机，最后在衬衫之乡大陈镇，从一颗纽扣起家，到成为拥有上百平米销售店铺的小老板，再到拥有自己的纽扣生产线和纽扣博物馆的"纽扣大王"，他仅仅用了六年时间。富了之后的他不仅捐资助学、修桥、修路，还帮助佛堂古镇的乡亲共同致富，利用当地便利的地理位置和旅游资源做起特色民宿和民俗产品的开发。报纸、电视、广播都对他的先进事迹进行了报道，记者采访他时，他每次都会说同样一段话："在我最走投无路的时候得到过别人的无私帮助，将我送到善的彼岸，而我，只想把这个善传递下去……"

而留在北京的长华和益盛也没有辜负他们火热的青春。

长华又高又帅，去一个小区当上了保安，每天神气地在小区里巡查，工作之余尽心尽力地为每一位业主排忧解难，腰杆儿天天挺得笔直，是小区里的超级“人气王”。有一次，八楼有个住户的孩子不小心从自家窗户坠下，千钧一发之际，他箭步飞奔，伸出双手牢牢接住了孩子，他的一只手粉碎性骨折，可那个两岁的孩子竟然毫发无损。还有一次，他下夜班后到护城河边夜跑，发现一个女孩子跳河轻生，他第一时间跳入水中把女孩救上了岸。在当年的“北京十大见义勇为好青年”评选中，他高票当选。小区里一位漂亮的女孩还爱上了他，后来他跟女孩回到了佛堂老家结婚，跟着宝华哥又开始了新的创业和成长，这是后话了。

益盛也特别优秀，他从一个餐厅的服务员开始做起，慢慢成长为一名厨师。他勤奋好学，去上了烹饪学校，还拜了名师苦心钻研手艺。几年后，他参加全国烹饪比赛得了金奖，成为一个知名大饭店的特级厨师，很多外国政要、名人都是他的“忠实粉丝”，吃上一口他做的菜，那可是莫大的荣幸呢。

三个曾经落难的年轻人，那一刻，他们的天空是黑暗的，他们的人生即将因为“一时的冲动”而留下永久的遗憾。或许经历过挫折他们可以越挫越勇，或许他们从此一蹶不振、满腹怨恨，从而输掉整个人生。

欧阳忠夫妇当年做这一切的时候，并不知道“善之花”会开得这么持久芬芳，可是他们知道，如果不这么做，那么“恶之花”一定会涂黑三个年轻人白纸一样的心灵，纵使那黑色被时光慢慢擦去，也会留下斑斑痕迹……

9. 紫荆花

在幼儿园的时候，紫荆觉得小学可神秘了，天天都盼望自己快点长大，能背上小书包、戴上鲜艳的红领巾，最好胳膊上还别着“两道杠”，多神气啊！

盼啊，盼啊，这一天终于到来了。那天早晨，天空格外明媚，太阳调皮地透过窗棂叫醒了睡梦中的紫荆。推开窗，一阵阵清新的空气迎面扑来，有种沁人心脾的甜丝丝的味道。姥姥已经帮她准备好了崭新的外套和小书包，餐桌上摆着丰盛的早餐，有牛奶、煎鸡蛋、八宝粥、火腿、金银卷、水果、沙拉……五颜六色，让人食欲大振。姥姥是个特别讲究生活品质的人，每天都要变换不同的口味，她做出来的东西别说吃了，看一眼都令人胃口大开，直流口水呢。大家坐下后，爸爸宣布："从今天开始，紫荆就是一名光荣的小学生了，全家人祝你在新的环境中快乐学习、健康成长、不断进步！"妈妈和姥姥都鼓起掌来。紫荆感到这场面有点隆重，有点小羞涩，可是又觉得非常开心和自豪："嗯，今天是一个非同寻常的日子。"

吃完早餐，紫荆飞快地背上小书包，恨不得一步就跨到学校门口。一路上，蓝天、白云从头顶飞快地掠过，她仿佛变成了一只在天空中翱翔的飞燕，自由自在、无忧无虑地张开翅膀。她怀着无比激动的心情走进校园，首先映入眼帘的是一幢高大宏伟的教学楼，楼下是一大片开阔地，正中心的位置高高矗立着汉白玉的升旗台，顺着旗杆仰望天空，一面鲜艳的五星红旗正迎风飘扬。

作为小小"护旗手"，紫荆曾经无数次地仰望国旗。而且，在她牙牙学语的时候，她在电视屏幕上第一次"认识"爸爸，就是鲜艳的五星红旗在爸爸的护卫下冉冉升起，爸爸雕塑般的英姿与飘扬的国旗交相辉映，成为她记忆中永远定格的画面。看到国旗就想起爸爸，她对国旗真的有着一份与生俱来的特殊感情，那感情是神圣、是庄严、是亲切、是感动、是永恒的。

升旗台的四周种满了鲜花，红的、白的、黄的、紫的……她不禁被这花的世界陶醉和吸引。看哪，闪耀着晶莹露珠的花朵像一个个可爱的小精灵在冲她眨着好奇的眼睛叫着“紫荆紫荆”，花丛中的蝴蝶忽闪着美丽的翅膀为她表演着欢快的舞蹈“欢迎欢迎”，爬山虎布满高高的围墙上对她张开臂膀说“来吧来吧”，绿油油的足球场发出阵阵呐喊“加油加油”……啦啦啦……啦啦啦……紫荆边走边唱，快活极了。

伴随着“丁零零”的上课铃声，紫荆开始了她的求学生涯。当然在学习之余她也会思考一些比较“深刻”的问题，比如，长大了以后是像妈妈那样做个有学问的人呢，还是像爸爸一样成为一名英姿飒爽的军人，或是成为一名快乐的歌唱家？不过……妈妈并不喜欢她成为歌唱家呀。记得小时候，有一次妈妈问她长大了以后想做什么，她冲口而出：“歌唱家！”但是妈妈一点儿都不高兴呢，她问妈妈为什么，妈妈说：“太累了，没意思。”但是，紫荆听姥姥说，妈妈唱起歌像百灵鸟一样好听，可是她后来为什么不喜欢了呢？而且也不允许自己喜欢……可是，唱歌多有意思啊，多快乐呀，怎么会累呢？她真的弄不明白！算了，自己离长大还有好长好长时间呢，这个问题可以慢慢思考。她又开开心心地和同学们去操场上狂奔了，身后洒下一串串银铃般的笑声。

有一天，爸爸去学校接紫荆放学，一路上发现平常爱说爱笑的她有点闷闷不乐，爸爸就问：“今天有什么事情要告诉爸爸吗?”紫荆犹豫了一下说：“我们班今天选小队长和中队长，老师让大家举手表决，结果我没有选上中队长，只当上了小队长。”说完，她从口袋里掏出了“一道杠”，嘟起粉粉的小嘴巴，神情沮丧。原来，这几天班级竞选中队长，40人中先选出10人，10人还要再经过一次筛选，过半数的两个人直接晋级，不满10票的两个人淘汰，剩下的6个人会再经过下一轮投票。昨天，晋级了两个，淘汰了两个。今天，她和另外一个同学PK，竟然输了。

爸爸边走边说：“你获得了‘小队长’资格已经是大家对你的肯定了，为什么非要在乎是‘一道杠’还是‘两道杠’呢？你应该开开心心地祝贺你的同学赢得了胜利，因为，在同学们的心目中，这位同学才是最合适的人选，而你从这次选举中正好可以找找自己还有哪些不足和需要努力的地方，所以‘失败’不是一件坏事，反而是一件好事，对吗？”“但是爸爸——我一点儿都不服气!”紫荆噘起嘴巴。爸爸继续耐心地开导她：“我知道你今天打了败仗不高兴，但是谁也不是常胜将军哪，以后还会有更多困难和挑战。你今天丢掉了一个阵地，是该伤心气馁停步不前呢，还是应该迅速抖

擞起精神，调整好自己的状态，再积极努力地投入下一场战斗？”

爸爸激励人心的话语就像一针“强心剂”，紫荆瞬间就“满血复活”了，小脸也“阴转晴”，高高兴兴地让爸爸把“一道杠”给她别在胳膊上，“马尾巴”一甩一甩地昂首阔步往前走。到了下一个学期，她从“一道杠”升为“两道杠”，终于如愿以偿了！回到家里，她神气地亮出了“两道杠”，小小的得意之情溢于言表。爸爸看了她一眼，并没有表现出太大的惊喜，反而语重心长地说：“戴上这个‘两道杠’就更应该好好学习，严格要求自己，帮助服务他人，因为这既是荣誉又是责任。”爸爸的话总是那么“一针见血，毫不留情”，在爸爸面前，自己仿佛是个“透明人”，所有的“小骄傲”“小虚荣”“小聪明”瞬间就会被识破。紫荆一下子不好意思起来，轻轻收起了“两道杠”。

课堂上，紫荆的思维非常敏捷，反应能力和理解力都很棒，对新知识充满了求知欲和好奇心，她特别愿意积极踊跃地回答问题，当老师问她“为什么”的时候，她也总能举一反三，回答得头头是道。紫荆的团队合作意识也非常强，经常跟小伙伴们热烈讨论各种问题，遇见同学不会不懂的难题，她还能像小老师一样耐心地解答。最难能可贵的是，她

特别谦让和有礼貌，在大家合作做游戏、演节目和参加各种活动的时候，她总是把机会让给其他的小朋友。老师经常当着全班小朋友的面夸奖她是个非常优秀的小女孩，是同学们学习的榜样。

爸爸妈妈依旧繁忙，如果说小小的她有比较遗憾的事情，那就是不能像别的孩子一样，天天有父母陪着、宠着，不能随心所欲地撒娇，做“小公主”。有时，紫荆非常矛盾和困惑：一方面她为自己的父母感到骄傲，因为他们都在自己的岗位上做出了非凡的成绩；而另一方面她也常常在想，如果爸爸妈妈平庸一些也挺好，起码他们可以有更多的时间跟自己在一起。

爸爸是个“工作狂”，加班加点是家常便饭，还经常出差。妈妈成为“学霸”，回到家还要看书、写文章，已经在攻读博士学位。她觉得现在的妈妈只属于书房和她案头小山一样的资料，彻头彻尾地成了一个“冷酷”的妈妈。有时候她推开书房的门，叫一声“妈妈”，想跟妈妈“腻歪”一会儿，可妈妈一句“我忙着呢”，连头都不抬。满心的欢喜被“当头一瓢凉水”，她难过极了，默默地退出来，看着妈妈专注的身影，轻轻替妈妈掩上房门。

早上醒来，紫荆经常看不见父母的身影；晚上入睡前，

他们也常常没有到家。有一次，他们甚至忘记了她的生日。“难道是爸爸妈妈不爱我了，不然的话自己怎么成了个无足轻重的人了?”她这样想着，禁不住又伤心又委屈。姥姥给她准备的生日蛋糕，她一口都没有吃，偷偷地躲在被子里哭了好久。她多么希望全家能开开心心地过一个轻松愉快的周末，或者来一次说走就走的旅行啊!

说起旅行，紫荆是最没话说的。因为姥姥的病情和爸爸妈妈的繁忙状态，对她来说出去玩简直成了“天方夜谭”。记忆中除了去过香港，最近几年大概也就去了一回北戴河，基本等于没出过北京城。很小的时候倒是跟爸妈去过浙江探亲，但那时候她还很小不记事，再说探亲也不是旅游啊。假期结束回到学校，同学们见面时都会眉飞色舞地讲述自己的旅行见闻，有的还写出了特别有意思的游记，配上漂亮的照片，被老师钉在教室后面的墙报上，她看了真是羡慕极了。

有一次，她央求爸爸妈妈:“我也想去旅行，去看草原，看高山，看冰川，看企鹅!”爸爸给她出了一个又省钱又便捷的好主意:看地图、看各种游记和书籍来弥补这方面的缺憾。爸爸告诉她，在十七岁之前，他都生活在浙江中部义乌南部一个叫佛堂的小镇上，除了高中时学校组织去县城参加过一次知识竞赛，就再也没有去过更远的地方了。后来他爱

上了读书，通过一本本书籍他认识了世界。爸爸说：“只要你用心翻阅，一定会有惊喜和收获的。”

她捧起书本渐渐入了迷，仿佛置身于一个个美景中流连忘返：在鼓浪屿，走在细腻柔和的沙滩上，在清爽的海水中嬉戏，浪花朵朵，笑语声声，远处还传来悠扬的琴声；在凤凰古城，碧绿的沱江从古城墙下蜿蜒而过，峰峦叠翠的南华山倒映江中，岸边的吊脚楼错落有致，绿树蓊郁；在桂林，追寻着刘三姐的歌声，静静地置身于漓江甲天下的山水画卷中，直到夕阳把江水染红，渔翁驾一叶扁舟满载而归……书中的风景在她的心中留下一幅幅美丽的画卷，书中那生动有趣的描写也让她真正体验到读书的魅力。

紫荆九岁那年，博士妈妈以“北京市十佳教师”的身份赴美国佐治亚大学教育学院访学一年，主攻学前教育管理。临行时妈妈万般踌躇，一度想要放弃，可是爸爸的一句话让她消除了所有顾虑，爸爸说：“你放心去做学问吧，这是你的梦想，更是你的追求和国家的需要……家里有我呢！”就像十年前欧阳忠远赴香港加入驻港部队时林曦对他说的话一样，夫妻两个再没有更多的语言，一个会心的微笑足以让他们两心相知。

在林曦做访问学者的一年中，她的一篇关于学前教育问

题的学术论文发表在著名的国际学术期刊上，引起了轰动。学习结束，她又应邀参与到“世界学前教育组织”的课题研究小组中，远赴欧美各国参观、调研，归期也从一年延长到了两年半。紫荆以前是个“没爸爸”的孩子，现在成了“没妈妈”的孩子，对于紫荆来说自己的童年或许是不完美的，可她又是幸运的，她拥有世上最好的爸爸妈妈，而且他们的爱和关怀是以一种更博大的方式存在和呈现。

很多人都说“女孩子要富养”，比如紫荆的同班同学景恬甜就是一个突出的例子，小小年纪就被爸爸妈妈安排了各种班，学芭蕾、学画画、学钢琴，暑假乘坐豪华游轮环游世界，日常出入高档的餐厅，每个周末必去听一场音乐会，全身上下被各种名牌包裹。

打扮得活像“小洋人”的景恬甜最喜欢的就是给同学们普及“名牌知识”，小手一指书包，新秀丽的哦，七百八十元。“哇，好贵呀！”同学们都张大了嘴巴。看见大家这么吃惊，小姑娘又摆出傲娇的姿态说：“这算什么？我的风衣是巴宝莉的限量版，要一万多一件哦；还有我的发卡是施华洛世奇的，要一千多块呢……”紫荆和小伙伴们被她一板一眼的“炫富”逗得咯咯直乐，一个调皮的男生说：“你这么喜欢名牌，就叫你‘名牌小姐’吧！”哈哈哈哈……大家哄笑

起来。

回到家，紫荆就绘声绘色地给姥姥和爸爸讲“名牌小姐”的故事，爸爸说：“那你觉得小朋友为什么要笑她呀？”紫荆略微想了一下回答：“因为她太肤浅了！而且什么都要最好的，要是别人有的她没有就会去偷，太贪婪了！”欧阳忠颇为意外，听紫荆继续说道：“今天景恬甜说肚子疼不去做广播体操，可是等我们回到教室的时候，徐娇娇发现自己抽屉里的文具盒不见了，就哭了起来，这是她妈妈新给她买的迪斯尼的最新款呢，老师就问哪个小朋友看见了呀？大家都没说话，教室里特别安静，这时候景恬甜的同桌正好打了个大喷嚏，身体差点把课桌撞翻了，那只文具盒‘啪嗒’一声竟然从景恬甜的抽屉里掉了出来……唉，我都替她感到丢人！”

“那老师是怎么处理的呢？”欧阳忠非常想知道，遇到这样的问题，老师会采取怎样的解决方法。紫荆愤愤地说：“太气人了！老师帮她撒谎！老师说是她下课的时候想欣赏一下徐娇娇的文具盒，但是不小心放错了位置，我才不会相信呢！”欧阳忠却对女儿说：“你知道吗？其实你们老师做得对。每个人都会犯错误，有的时候是有心的，有的时候是一时冲动。咱们想象一下，如果当面拆穿景恬甜，那么你的同学以后都会嘲笑她，或者与她为敌，她还会有朋友和自尊

吗？估计这件事情会让她一辈子都觉得抬不起头来，对吗？或许她真的会因为这件事情而自暴自弃了，那才是最可怕的。所以，你和小朋友们要给她一个改过自新的机会，让她真正意识到自己的错误。老师也只在最小的范围内批评她的过错，这就是我们说的‘宽容’。”紫荆若有所思地说：“我看到咱家书房里有一幅字上写着‘海纳百川，有容乃大’，意思就是说我们要像大海一样包容，不仅要学习别人的长处，还不能总是盯着别人的短处，要给别人做好人的机会对吗？”“太对了，我女儿真有灵性，一点就通！”这回轮到欧阳忠向女儿竖大拇指了。

欧阳忠一向提倡“放养”，希望给孩子足够的自由空间。刚开始姥姥和妈妈还有点担心，可是看到紫荆自信快乐地成长，也逐渐认同了欧阳忠的做法。表面上，欧阳忠不会给紫荆定什么“条条框框”，但是原则性的问题绝对说一不二，所以这种“放养”不是不管不问，而是以一种更加细腻和宽松的方式去帮助女儿塑造人格、享受成长、展示真我。欧阳忠注重引导而非灌输，他尊重孩子的选择，也会要求孩子为选择承担后果，尤其是这个“自由”的前提是可以很好地约束自己。

有一段时间，紫荆读课外书特别上瘾，到了该睡觉的时

间依然抱着书本不放，直接后果就是第二天起不来，影响上课的效果。还有一阵子，紫荆迷上画画，老师在上面讲课，她偷偷在下面画画，连老师问她问题她都没有听见。欧阳忠知道后就重重地惩罚了她。欧阳忠的惩罚方式特别有“军营色彩”：比如100个蹲起，一口气做完，不许停顿；靠墙角30分钟，脚跟、小腿、臀部、肩膀、脑袋成一条直线贴在墙壁上一动不动，头顶放一本书，如果书掉下来就重新站过；控腿20分钟不许抖动，听到“正步走”的口令，左脚向正前方踢出75厘米，腿要绷直，脚尖下压，脚掌与地面平行，离地面约25厘米，站定后保持不动，晃动一次要加罚5分钟……总之，按错误大小调整惩罚力度。一次又一次，知道了“厉害”后的紫荆，再也不敢“以身试法”了。

选择自己喜欢的兴趣班、给自己定学习和读书计划、干力所能及的家务、学会处理各种事情，懂事的紫荆越来越不用大人操心。紫荆最佩服的是爸爸的“大将风范”，所有的重担都落在他一个人的身上，可他这个“超级老爸”面对一切棘手的问题都能轻松解决。紫荆从来没有看见过爸爸沮丧或者焦头烂额的样子，他好像是一个超级魔法师，轻轻挥动魔法棒就可以撒豆成兵，一切看来都游刃有余毫不费力。姥姥常常心疼地说：“欧阳，小曦不在家，大人孩子全指望你，里

里外外一堆的事，太难为你了……”爸爸却一脸轻松地说：“妈，林曦为我付出的太多了，她就是再迟两年回来，我也毫无怨言。‘十年树木，百年树人’，她的研究方向利国利民，咱们都得好好支持她！”

舍小利、取大义，舍小家、为大家。爸爸妈妈不都是这样的人吗？紫荆渐渐理解了爸爸妈妈，她为爸爸妈妈感到自豪！

10. 男儿有泪

最近，欧阳忠更繁忙了，因为他要天天照顾病人。这个病人是他年近七十的伯母，欧阳忠自幼父母双亡，伯父一家在他六岁那年就收养了他，在他的心目中伯母就是“娘”，是他一生最敬爱的人。老人在半年前被查出患了肺癌，去了当地的医院，人家说发现得已经太晚了……欧阳忠得知消息后回老家把伯母连同大哥大嫂接到了自己身边，他不相信，如今这么先进的医疗技术不能挽救他最敬爱的亲人。他在北京给老人找了最好的医院、最好的医生，每天就是再忙再累，也要陪老人说说话。

他们母子二人好像总有说不完的话。伯母说：“孩子啊，

你现在出息了，咱们佛堂镇的老少都以你为荣，我这辈子最欣慰的事就是，在‘那边’见你爹娘的时候，能跟他们说，咱忠可有本事，可争气了，是为国家做大事、扛大旗的人，是咱欧阳家的好儿孙！”

欧阳忠泪流满面：“伯母，这些年我东奔西走，回去看您跟伯父的时间太少了，我对不起你们的养育之恩。”

伯母说：“家里好着呢！你是公家的人，你能惦记着我们这两个老家伙就不错了！你过得好比啥都强，你爹妈要能看见多好……我比他们有福啊……”

欧阳忠握住老人的手：“伯母，您别说了……我为家里做得太少了，我惭愧啊……”

伯母又说：“你没事别往这儿跑了，医生护士都尽心尽力，这儿还有你哥你嫂照顾呢，可别因为我耽误了工作啊……还有哇，你别让亲家还有紫荆跑来跑去地送汤送饭了，做得再好吃，我也吃不了几口，都糟蹋了，再说亲家身体不好，再累着可咋办？紫荆上学更不能耽误，医院不是她该来的地方，脏东西多，对孩子不好，你记住啊……”

伯母说起紫荆又开心起来：“我一看见紫荆，高兴啊！大眼睛跟水葡萄似的透着机灵劲儿，像你！叫一声‘奶奶’啊，我这心都快化了，啥病啥痛都忘了！上回来看我，还给

我唱歌，说‘奶奶，你听我唱歌就不疼了！’唱得可好听了，比电视上都好听……多漂亮多懂事的小孩，还说要等我病好了跟我一块儿回老家！我逗她说，咱那儿没好吃的怎么办？你猜她说啥？她说，那是爸爸的家，也是她的家，那是她的根！啧啧啧！我感动得直流眼泪，孩子像你啊，心善、有正根！你跟她妈教育得好！她姥姥教育得好！”

伯母又说起林曦：“咱们佛堂谁不夸你娶了一个好媳妇？人漂亮，心眼也好，知书达理，现在还成博士了！忠啊，你咋这么有福？我大字儿不识几个，你说说这‘博士’得比咱聪明多少？肚子里得多有墨水啊?！而且林曦一点儿也没有‘博士架子’，大前年我跟你哥还有你嫂子去天安门、故宫，你出差没顾得上陪，你媳妇花钱雇的车，拉着咱一家去这儿去那儿，照顾得可周到了，还给我拍了好多好多照片，我说这么大年纪了还拍它做啥啊，一脸褶子了，她说可以帮我那啥……哦，叫‘美颜磨皮’，能一下子变年轻，年轻二十岁……笑得我呀！临走亲家还给我带了大包小包，我回去成天跟镇上的人说，这是我一辈子最幸福、最快乐的几天，虽然忠没顾着陪我，可儿媳妇、孙女天天陪着我，知足了！飞机也坐了，烤鸭也吃了，长城也爬了……我知足了，知足了！”

欧阳忠眼泪又掉了下来："伯母，等您好了我一定亲自陪您还有伯父去香港走走看看，我当兵的时候您就盼着去呢。"

伯母说："我还有一样不放心，你可要照顾好自己的身体，啥事儿别逞强，这些日子尽照顾我了，看看你……都瘦了，我心疼啊……"

欧阳忠拍着胸脯说："我壮着呢！您放心，有我在，您老人家肯定会健健康康、快快乐乐、长命百岁！"

伯母说："好，我就等着享福，还得看着孙女长大呢！孙女跟我说，她长大要当歌唱家，我得看着咱家再出个歌唱家！那多好呀！"

老人开心地说着、笑着、憧憬着……欧阳忠轻抚她脸上的皱纹，趴在她耳边悄悄说："伯母，从小我就特别想叫您一声'娘'，今天能叫您一声吗？"

伯母微笑着说："傻孩子，我不就是你娘吗？"

"娘！"

"哎！"

突然，欧阳忠感到心脏一阵令人窒息的绞痛，不禁俯下身子，将脸庞深深埋在伯母灰白的头发上。一瞬间，他仿佛觉得整个人处于真空状态，手脚也失去了知觉。眼前一道白光闪过，光的中心是一条冗长的隧道，这隧道仿佛是一个无

底的旋涡，他和伯母正在不断往下坠落、坠落。他紧紧拉着伯母的手，努力挣扎，拼命摆脱，却越坠越快，越坠越快……就在他感觉快要被那旋涡完全吞没的时候，伯母突然用力挣脱他的手，把他推了出去，于是伯母瞬间被旋涡吞没不见了。他惊恐地叫了起来："伯母、伯母、娘……"他一狠心就要再跳进那无底的黑洞，突然听到幽暗深远的边际传来一声声"爸爸……爸爸"的呼唤，那道白光随后倏然而逝，飞速旋转的旋涡也不见了……

眼前影影绰绰有几个晃来晃去的人影，不知道他们嘴里面在喊着什么。"我在哪儿？谁在呼唤我？我在哪儿……"欧阳忠心里面着急，脑子里却一片混沌。他努力让自己保持着清醒，直到灵魂和意识一点一点重新走进他的躯体。

"爸爸！爸爸！你怎么了？"欧阳忠突然听到紫荆一声连一声急促的呼喊，他努力把又涩又胀的眼珠转动了一下，看到眼前的女儿已经哭成了泪人，周慕华也站在旁边不停地抹眼泪。

"发生了什么？"他拼命从嗓子眼儿里挤出一句话，一口咸腥冲了出来，忍不住剧烈咳嗽起来。周慕华心疼地帮他轻轻拍打着后背，递过来一杯清水。

"你刚才突然昏厥，属于操劳过度，身体严重透支。我刚

给你开了一些药，记得按时服用，要特别注意多休息。哦，对了，你身体的底子还是很不错的，但是病来如山倒，可千万不能不当回事儿，刚才这种情形如果再发生的话，还是很危险的，如果没人在身边可就不好说了。另外，老人已经去世了，就在你昏厥的同时，老人停止了心跳，很安详……你们家属节哀，抓紧处理后事吧。”旁边的大夫简短说完转身离去，又去忙别的事情了。欧阳忠听闻此言，不禁身躯一晃，心口又是一阵剧痛。

原来，就在刚才欧阳忠昏厥的瞬间，他最亲爱的伯母，在他的怀里永远地睡着了。他不知道刚才那个“历程”是他们母子心灵相通，他真真切切地和伯母一起感受到了死亡之神的到来，自己拼命不甘心地挽留和挣扎，抑或是自己真的太累了，因身体吃不消而倒下。但是那个瞬间太离奇了，让他想不通，也没法解释……此刻的他，整个人已经痴了、傻了、呆了……想哭却没有眼泪，想叫却发不出一丝声音。

伯母来北京整整三个月零九天，在这一百个日日夜夜里，他想把几十年来所有的亏欠都补上：想每天多喊几声伯母，想一直看着她温暖慈爱的笑容，想亲亲她饱经风霜的面颊，想抓住她瘦弱无力的双手……从小你最疼我最爱我，虽非亲生，胜似亲生！可是从今以后……天垂泪，地悲戚，千呼不醒慈母梦，万世难报慈母恩。

“娘……娘……娘！”欧阳忠一声声悲呼着，眼泪如决堤般喷涌而出……

欧阳忠向单位请了假。这是他第一次因为私事而请假，他要与哥嫂一起把伯母“送回”老家，他想带着紫荆一起，再送亲人最后一程。

到达浙江义乌的佛堂镇，天公垂泪，下起了缠绵的细雨，仿佛诉说着无尽的哀思与怀念。欧阳忠神色哀伤，步履沉重，推开大哥执伞的手，任由雨水洗刷他满腔的痛。在冰冷的雨水中，他仰望天空，泪雨交融。伯母的音容笑貌历历在目，可如今天人两隔，只剩下手中黑匣子里的一缕白灰……万事无不尽，徒令存者伤。子欲养而亲不待，是世事无常还是造化弄人？还不上了，永远还不上了，人生在世还有比这更深的痛楚和遗憾吗？——娘，如果有来世，孩儿好好报答您……

办完伯母的后事，欧阳忠心力交瘁，轰然病倒了，发烧到三十九度，躺在医院的病床上昏迷了三天三夜，嘴里一直都在喊着胡话。紫荆长这么大从来没有见过爸爸这样，不禁又惊又怕又难过，她懂事地守护在爸爸身边，端茶拿药悉心照顾。她害怕爸爸也会像奶奶那样永远离开她，那自己该怎

么办？妈妈该怎么办？她学着婶婶的样子虔诚地给奶奶上了香、磕了头，希望奶奶能保佑爸爸平安无事，早点恢复健康。

第四天，欧阳忠终于醒了，整个人竟然瘦了一大圈儿，胡子拉碴，面色灰黄，看起来虚弱而无力。紫荆看见爸爸醒来，抱着爸爸呜呜地哭了。在她的记忆中，爸爸从来都是一个“铁人”，都是一个“神话”，何尝有过这样的颓废与难过！那个刚毅果敢的爸爸呢？那个乐观豁达的爸爸呢？那个扛着钢枪在五星红旗下庄严敬礼的爸爸呢？那个迈着豪迈步伐威武霸气的爸爸呢？如今怎么变成了哭泣的爸爸、脆弱的爸爸、悲伤的爸爸、可怜的爸爸、生病的爸爸……

“男儿有泪不轻弹，只是未到伤心处。”原来，爸爸也是一个普普通通的人。

11. 乌篷船上的故事

从小生活在佛堂镇的欧阳忠这些年远离故土四海为家，最令他怀念的就是江南的雨。记忆中，这雨就像一首诗，就像一壶酒，就像一幅画。无数个梦中闪回，都是儿时光着脚丫踩在青石板上，与小伙伴们头顶着书包，在放学的路上飞快地奔跑着、笑着，像一群欢乐的小鸟。幽深的古巷被雨水浸湿后，仿佛涂上了一层酥润的油彩，愈加生动和空灵起来，更添一份神秘与清幽，呈现出不同凡俗的美。倒映在雨中的街灯，雨丝落在油纸伞上的沙沙声，雨水顺着古色古香的屋檐，砸落在脚下的鹅卵石上，飞溅起美丽的水花……啊！每每忆起，都是那么清晰和生动。每当陷入世俗的喧嚣

无法自拔，他都会闭着眼睛，让思绪飘落在烟雨的江南，任雨水洗刷他满身的疲惫，任雨水点亮他的双眼。

这几日，天空一直笼罩着阴霾，淅淅沥沥的小雨一连下了四五天，这一次的雨让他第一次感到无比压抑和惆怅。早上，一睁眼，太阳终于明晃晃地洒在窗棂上，头顶是一片蔚蓝晴空。欧阳忠感觉身体恢复得好多了，想带女儿到镇上走走。这几天忙着处理伯母的后事，与堂兄妹就各种事务进行商讨，自己又病倒了，竟然让他几乎忘记了女儿的存在，也不知道紫荆这几天是怎么熬过来的——他的心里不禁自责起来。他叫上紫荆走出房门，老伯父坚持要当“向导”：“这几年家乡的变化太大了，我怕你认不出来。”欧阳忠点点头，祖孙三人默默地走出了院门。

伯父是个勤劳朴实的乡村医生，从欧阳忠记事起，伯父就靠着一根针、一把草为十里乡亲治病祛痛。他医术高超、宅心仁厚，碰上付不起药费的乡亲往往分文不取，所以尽管终日奔忙却收入甚微，一直以“半医半农”的身份养活一家老小十多口人，在当地颇有威望和好评。这些年欧阳忠屡屡请他去北京小住，他总是百般推托，欧阳忠知道，他是放心不下镇上找他看了一辈子病的乡亲。如今他年事已高，那天雨夜出诊，天黑路滑不小心摔了一跤，儿女们心疼他，说镇上、城里都有医院，您忙活了一辈子也该歇歇了，别干了！可是一向好脾气的他竟然勃然大怒，大骂儿女是“白眼狼”，说当年你们爷爷打小鬼子断了一条腿，是佛堂镇的父老乡亲给了他一条命，还给了他一个家，才有了你们这些兔崽子，转眼你们就忘了？你们爷爷临死的时候，就留下一句话“要报答佛堂镇的父老乡亲”，这个恩，我要报一辈子，你们谁拦着我谁就是“历史的罪人”——吓得儿女们噤若寒蝉，再不敢多说一句了。

伯父是个讷言敏行的人，一天到晚只有旱烟袋“吧嗒吧嗒”不离嘴，他的爱是深沉而又寡言的，就像一座山，高大而沉稳。他跟老伴儿风风雨雨走过了半个多世纪，如今最懂他的那个人走了，虽有儿孙绕膝，内心终究是无言的孤单和寂寞，面对这人间至痛，他虽犹如天崩地陷般惶恐和难过，可是他不想说，更不愿意表现出来，只是那旱烟袋“吧嗒吧嗒”抽得更狠了。

“伯父，以后这烟你是要少抽一些了，最好是戒了，昨天我还听见你半夜不断咳嗽。”欧阳忠轻轻劝说。

“嗯。”伯父微微应道。对于欧阳忠，他的爱并不比伯母少，这是他最看重也是最令他骄傲的儿子，这个儿子的话自然是有分量的。于是他微微弯下腰，把烟袋锅子在路边的青

石板上“啪啪啪”磕了几下，几颗微红的小火星在空中打了个旋，顷刻飘散在风中，老人不禁微微叹了一口气。

“爷爷，我姥姥也保存着一个烟袋锅，说是姥爷生前特喜欢的，但是比您这个小多了。”紫荆乖巧地上前一步拉住老人的手，欧阳忠也紧紧挽住老人的胳膊。老人的眼睛一下湿润了，这个千里之外的孙女，是他们欧阳家的血脉，即使不能时时相见，可是这血浓于水的亲情又何尝被时空阻隔？他亲热地抚摸着孙女的头发：“好孙女！个头又长高喽，紫荆是大孩子了。”

“爷爷，您给我讲讲咱们佛堂镇的故事吧，我问了爸爸好多回，爸爸说要我回来听爷爷讲，说您是故事大王呢。”孩子天真可爱的话语就像一阵春风，抚慰着老人和欧阳忠，使他们连日愁苦的心竟然一点点舒展开来。

“你知道咱们的镇子为什么叫佛堂镇吗？因为它因佛而生，因水而商，因商而盛，因盛而名。”老人慢慢打开了话匣子，牵着紫荆的小手，上了义乌江中泊着的一艘乌篷船，在木桨撞击水面的“哗哗”声中追寻那遥远年代的故事。

“咱们佛堂古镇啊，位于浙江中部、义乌南部，有‘千年古镇，百年商埠’的美誉，哦，它还有个好听的名字叫‘小兰溪’。”

“小兰溪，真好听！”紫荆的大眼睛忽闪忽闪的。

“佛堂是浙江四大古镇之一，无论从商业、文化还是历史上说，那都有一段佳话呢。你看见这来来往往的大小船只了吗？打明朝开始啊，这里就是浙中地区著名的水陆交通要道呢！依托义乌江上的水路运输，这里成了商业、手工业、农副产品的聚集地，成为浙江远近闻名的数百年长盛不衰的商埠。”说起自己的家乡，老爷爷充满了自豪。

“那为什么叫‘佛堂’呢？”紫荆开启了“十万个为什么”模式，这可难不倒爷爷，这个故事他讲了一辈子了。

“相传很久很久以前，达摩来东方传教，云游到义乌的时候，突然看见江水漫溢，洪水泛滥。为救被困百姓，达摩施展法力，把手中的磬投入江中，说时迟那时快，江水瞬间退去，老百姓得救了。后来，为纪念达摩普度众生的恩德，大家在达摩投磬的那个地方修建了一座寺庙，叫‘渡磬寺’，寺中有一副楹联：‘佛光透彩传万代，堂烛生辉照四方。’人们就用上下联的第一字合起来的‘佛堂’作为地名。”

“爷爷，太神奇了！那只磬还在吗？”紫荆好奇地问道。

“在，在！世世代代都在老百姓的心里呢……人活一世，就得知恩、感恩、报恩啊！你的曾祖父就是这么教我们的……”爷爷被风霜侵染的脸颊虽然爬满了皱纹，可是此刻

他的目光却闪烁着灼灼的光华。紫荆被爷爷的话所感染，挺起胸膛说："知恩、感恩、报恩——我记住了。"爷爷欣慰地点点头，脸上的皱纹更深了。

"爷爷，我真喜欢咱们的家乡，这里的街道多整洁干净啊，有现代的高楼大厦，也有历史久远的古建筑；有小桥流水、烟雨朦胧，也有灯火璀璨、热闹繁荣；像诗里面描写的那么美，但是比诗里面描写的更生动。如果不是还要上学，我都舍不得走了！"紫荆坐在船头，把脑袋舒服地靠在爷爷的膝盖上，一边听着好听的故事，一边欣赏沿途的美景。哇！这就是我的家乡，比起北京，这里是另一番不同的秀雅和隽永。

"爷爷，咱们家一直都生活在这里吗？"紫荆看来是要"追根溯源"了。

欧阳忠听着这一老一小的问答，心情轻松了不少。这么多天，伯父真是难得说这么多话呢，老人需要释放一下压抑的心情。

"说起咱们欧阳家的历史嘛，那可就说来话长了。"爷爷卖起了关子。

紫荆摇晃着他的手说："爷爷，我要听，我要听！"

"欧阳家族世世代代都生活在湖南美丽的凤凰古城，一直

过得平和宁静。日本帝国主义的炮火轰开了我们的国门，所到之处烧杀抢掠无恶不作，好好的一个国家瞬间狼烟遍地……国难当头之际，凤凰的青壮男儿一个个毅然告别故土，奔赴沙场。这些湘西汉子组成了在抗日战场上战斗力非常强的128师。1937年11月8日至14日，在沪杭咽喉的嘉善大地上，装备落后的中国军队与拥有飞机大炮的日军18师团激战七天七夜，打退了敌人数次进攻，筑就了一道‘血肉长城’，有效掩护了淞沪战场上我军的后撤，堪称淞沪会战中非常重要的一个战役……很多人并不清楚这段历史，更不知道这场战役中的勇士们为淞沪会战大撤退赢得了宝贵时间，同时延缓了日军进犯南京的速度。七天时间，日军只推进了十一公里。中国军队在装备落后的情况下重创日军，粉碎了日军迅速切断苏嘉铁路的企图……你的曾祖父欧阳振中，就是这其中的一名勇士。当时你的曾祖父刚刚十八岁，正是铁骨铮铮的热血男儿，他和同伴们用血肉之躯对抗着日军的飞机大炮。在一次战役中他不幸负伤，一条腿被炸断，倒在了血泊中，奄奄一息。”

“啊？原来我的曾祖父是抗日英雄！日本鬼子太可恶了！”紫荆愤怒地握紧了拳头。

“敌军的轰炸结束后，当地村民在死人堆里发现了还剩一口气的你的曾祖父，他的一条腿已经被炸得血肉模糊，浑身是血。所有人都以为他活不了，可有个姓石的中医收留了他。经过石先生两个月的精心救治，你曾祖父总算保住了一条命，可是一条腿却永远留在了那个战场上。”老人停顿了一下，擦了擦眼角渗出的泪水，而紫荆早已泪流满面。

爸爸轻轻给她擦去泪水，紫荆难过地说：“爸爸，战争太残酷了，曾祖父为了保家卫国流血牺牲，他太伟大了，他是英雄……爷爷，那后来曾祖父怎样了？”

“你曾祖父失去了一条腿，仗是不能再打了。当年师长顾家齐从凤凰带领全师5799人参加嘉善阻击战，1595人阵亡。你的曾祖父每每忆起这场惨烈的战争都痛苦万分，战火中他看到亲如兄弟的战友一个个在身边倒下，他后悔难过啊——他后悔没有多杀几个鬼子，他难过自己成了‘废人’，再也没有为国捐躯的机会了！离开战场后，他再也没有提起过自己曾经是一名抗日英雄，也曾经有人找过他要给他颁发勋章，可是他就回了人家一句话：报国无悔，不须青史长留名……你曾祖父心里的痛谁知道呢！两年之后，凤凰城几乎家家挂白幡、户户戴孝帕，哀祭阵亡子弟的忠魂，在他看来，自己是在‘苟且偷生’啊！”老人长长地叹了一口气，说起这段尘封的往事不禁为之动容。

“烽烟满地，他又有残疾，家也回不去了，就暂时留在了好心的石医生那里，每天在药店里做些力所能及的事来报答恩人。石先生有个尚未出阁的漂亮妹妹叫石文英，与你曾祖父年纪相仿，经常去药店给哥哥帮忙。她从小最敬佩的就是岳飞、赵云这样的英雄，看到你曾祖父是个正直善良的汉子，就喜欢上了他，决定要用自己的一生去照顾他。石先生敬你曾祖父是为国为民的抗日英雄，就成全了妹妹的选择，在老家佛堂镇给他们举行了婚礼。他把镇上的老房子连同自己的亲妹妹都交给了你曾祖父。旧时在农村啊，男方到女方家落户称‘入赘’，也叫‘倒插门’，出生的孩子是要随女方姓氏的。可是石先生开明，不管这个，你曾祖父成婚那日，他当着全镇老少的面说：‘振中是抗日英雄，拿命保家卫国，为了打鬼子，腿都没了……咱们不能委屈他，他们生下的孩子姓欧阳，英雄的血要世世代代流淌！’他们二人结婚后恩恩爱爱，第二年就生下了一个大胖小子，就是我欧阳敬德。五年后又生下了一个小子，就是你爸爸欧阳忠的爸爸欧阳思贤。”老人轻轻拍了拍欧阳忠的肩膀。

“我和思贤弟弟感情深厚，思贤从小就聪明好学，立志也要像父亲一样，做个顶天立地的大英雄，心心念念想着去参军，保家卫国，可我们的妈妈死活不同意，她害怕自己的儿

子再像她的丈夫那样流血甚至牺牲生命……你曾祖父的伤腿一到阴天就奇痛无比，江南阴雨缠绵，这痛伴了他一辈子，怎不让妈妈心如刀割？当时家里特别穷，吃了上顿没下顿，我跟着舅爷爷学行医，早出晚归照顾不了家里。思贤弟弟为了能帮我撑起这个家，就把参军的梦藏在心里，当了一名教书先生。”

“后来，我跟你思贤爷爷都相继成了婚，也都过起了生儿育女的普通生活，可是一场突如其来的洪水，却夺去了我弟弟的性命。”

老人说到伤心处，禁不住泪湿衣襟。欧阳忠轻声劝慰道：“伯父，别太伤心了，事情都过去那么多年了，不提也罢。”

老人擦拭了一下眼泪：“孩子，你记住，你的思贤爷爷也是无名英雄啊！那一年，一场大雨过后，洪水暴涨，短短半个时辰，佛堂镇的积水就有一米多深，男女老少惊慌失措，纷纷往地势高的地方跑。你思贤爷爷所在的学堂地势高，我们本来以为他根本不会有事，没想到他那天因为去给一个生病的学生送药，却在路上送了命啊……在路过义乌江东南岸的友龙公码头时，他看到一条载着七八个大人和孩子的小船被洪水冲翻，仗着水性好就跳下去救人，可是浊浪翻滚，水

流湍急，他把最后一个孩子推上了岸，自己却因为体力不支被冲走了……”

“思贤去世后，你奶奶天天痛哭不已，不久就得了一场重病，撒手人寰追随思贤而去了，只留下可怜的忠儿……”老人再也说不下去了，佝偻着身子掩面而泣，浑浊的泪水顺着他的指缝流了下来。欧阳忠抱住老人颤抖的身躯眼含热泪，紫荆早已哭红了眼睛……

到了一个码头，欧阳忠把老人扶下船，祖孙三人默默无语，沿着古镇老街的青石板路追忆着岁月的踪影……老人执意带他们去一个地方，他说那是他和老伴儿最喜欢去的一个地方。

他们走进一条繁华的商业街，眼前的景象热闹起来，街道两旁琳琅满目的商品令人眼花缭乱：有当地特色的工艺品店，有令人馋涎欲滴的美食，还有古色古香的茶楼和糖庄……可是老人并没有片刻逗留，只是一味目不斜视地大步往前走，欧阳忠只得拉着紫荆紧紧跟随。走到街中心的一排宣传栏前，老人停下了脚步，转身朝着身后的欧阳忠和紫荆招了招手。

“这是什么？”紫荆凑近一看，突然惊呼起来，“爸爸，爸爸，快看——是爸爸！”在这个宣传佛堂镇风土人情、古今风

貌的宣传栏中，张贴着无数精美的照片。其中的一张照片正是当年香港回归时欧阳忠持枪护旗的照片。军旗下，欧阳忠英姿飒爽，雕塑般的军姿展示着中国军人的威严与神圣。因为欧阳忠是佛堂镇走出的好男儿，所以1997年香港回归后，镇上就把他的这张照片放入佛堂镇“人物风采”的宣传册中，还在繁华街道的宣传栏里张贴出来，作为庆祝香港回归和佛堂形象展示的一个内容。

伯父说，他和老伴儿闲暇时总是相约出来散步，每次不知不觉就走到这儿了。“我知道老婆子是想儿子了，可是她不愿意给你打电话，就是后来生病了，也不让告诉你，怕你为她分心，就让我陪着她看照片，一看就看半天……家里几个孩子，我知道，她最疼的就是你，最牵挂的就是你啊……”

“大伯！”欧阳忠哽咽起来。

老人强忍着不让眼泪落下，轻轻拍着欧阳忠的肩膀，指着橱窗里的照片对紫荆说：“我就是想告诉我孙女，她爸爸不仅是咱全家人的骄傲，也是全镇人的骄傲，五星红旗升起的那一刻，还是咱全中国人的骄傲！紫荆，你记住了吗？你有个了不起的爸爸！”

他又回过头对欧阳忠说：“为什么你爸爸给你取名‘忠’，就是希望你能像你爷爷那样精忠报国、赤胆忠心、忠

勇正直，这也是为了圆你爸爸的一个‘当兵梦’啊！那一年在电视里看见你扛着枪守卫红旗的镜头，你知道咱们一家人有多激动吗？那一夜，我拿着瓶老酒跑到义乌江边跟你爸说了一夜，哭了一夜……”

紫荆左手拉着爸爸，右手拉着爷爷：“打日本鬼子的曾祖父、跳进洪水救人的思贤爷爷、救死扶伤的敬德爷爷，还有我爸爸都是我最崇拜和敬佩的人，我要像你们一样，做一个保卫国家和人民的大英雄！”紫荆由衷地为自己的先辈感到骄傲和自豪。

“快看，他就是那个‘国旗卫士’！”突然，旁边有个眼尖的游客认出了眼前这个高高大大的“帅叔叔”就是橱窗里在红旗下手握钢枪的士兵。哗啦一下，好多人围拢过来，抢着要和欧阳忠合影。

12. 冉冉升起的小明星

从浙江回到北京，紫荆就立即进入疯狂的补课模式，回老家落下了十天的功课，可是要忙乎一阵子了。这些天紫荆姥姥也没有闲着，帮她把需要补习的课程一条一条列下来，按科目设置了每天补习的进度，还郑重其事地画了一张大大的“补习表”，正满屋子找透明胶带，准备贴在紫荆的书桌前。

紫荆看了直吐舌头：“姥姥，就一个多星期的时间，我需要补习这么多功课吗？”

姥姥也不答话，自顾自忙着贴上，嘴里面还念叨着：“一天不学问题多，两天不学走下坡，三天不学没法活……”

紫荆听了咯咯直乐："姥姥，这是谁的名言啊？太夸张了吧——还'三天不学没法活'！"

姥姥使劲把胶带摁了摁，看贴得结实了，才转过头回答："不积跬步，无以至千里；不积小流，无以成江海。知道吧？"

紫荆点点头："我知道啊，是荀子的《劝学篇》里说的，意思是说千里之路，是靠一步一步地走出来的，没有小步的积累,是不可能走完千里之途的……呃……姥姥我知道了，我现在就马上补习。"

姥姥高兴地用京剧唱腔赞道："孺子可教，孺子可教也，待老身这就给乖孙女准备晚膳去了……"她边唱边在厨房里忙活起来。

紫荆父女俩一出去就是十来天，自己又身体不便不能一起去，老人在家里天天是心神不宁、寝食难安。虽然有干女儿秦晓常来照顾，可这房子里空落落的，心里更是空落落的，今天一见到孙女，可算是愁云尽舒展了。

晚饭时分，欧阳忠早早地回来了。原来同事知道他刚刚失去亲人，最近身体又有微恙，就催着他早点回家，不用陪他们加班了。

"我说老欧，你这身体也不是铁打的，嫂子不在家，你里

里外外一把手，已经够累的了，听说你刚病了一场。咱可得对自己好点，瞧你这眼圈儿还黑着呢！”同事小张关切地说。

“老欧，最近没啥重大活动，也没啥紧急任务，你就别把弦绷得那么紧行吗？快走吧，这儿有我们呢！”其他的同事也随声附和。欧阳忠点点头，跟同事交代完值班注意事项，便走出了办公室的大门。路上的街灯次第亮了，眼前一片灯火阑珊。抬头仰望夜空，一弯新月斜挂在树梢上，就像妻子林曦那双含笑的眼睛。她还好吗？又有几天没有通电话了。看看手表指针指向北京时间18点30分，妻子所在的纽约应该是早上5点30分，她应该还没起床吧？欧阳忠放在“拨号键”上的手停顿了一下，慢慢把手机揣进了口袋。

同事们喜欢叫欧阳忠“老欧”，或许是因为叫着顺嘴又亲切吧。他这个人对待工作有一股子狠劲和韧劲，任何时候都要求自己不马虎、不松懈，在单位深得上上下下的好评。转眼已经回到北京五年了，他的职位也有了一些提升，他更是时时处处走在前面，和同事们之间建立了真挚的战友情、兄弟情。“人民公安”，这份职业在很多人看来“又危险又不讨好”，做得好你是“幕后英雄”，做得不好呢，那可就要遭受老百姓的批评。

由于工作繁忙压力又很大，很多同事都有不同程度的职

业病。上个月同事老刘在连续加班二十四小时后，回到家中突发脑溢血，送到医院也没有抢救过来，不幸去世了。这件事给他们带来很大震动，参加完老刘的追悼会回来，同事们一边慨叹着老刘太拼命，不知道珍惜身体，一边开始认真反省自己的生活方式太不健康：饮食不规律，作息不规律，工作压力大，危险情况多等等。同事们有的开始着手养生，有的办了健身卡，还有的张罗着休假……结果一个月过去了，办了健身卡的一次也没有去健身房，张罗着休假的也没了动静，养生的那个半夜还在吃泡面……他们苦笑："干咱这一行，啥也别说了，两个字——'认命'!"

说是这么说，可欧阳忠知道同事们跟他一样，都有着强烈的责任意识和奉献精神。在和平年代，公安民警是流血牺牲最多的群体。为维护国家的繁荣稳定，为保护人民的生命财产安全，他们之中有的临危不惧、奋勇上前，在与犯罪分子搏斗时流血负伤甚至壮烈牺牲；有的连续奋战、积劳成疾，倒在自己热爱的工作岗位上……这里同样是没有硝烟的战场啊!

吃过晚饭，林曦难得打来了电话，小屋一下子沸腾起来。紫荆像一只快乐的小鸟，叽叽喳喳向妈妈诉说着自己的思念，希望妈妈早点回家。周慕华语重心长地交代女儿要注

意身体，注意安全，照顾好自己。轮到欧阳忠说了，他满肚子的话语竟然无从说起，只是避重就轻地说着：“妈挺好的，紫荆也挺懂事的，我也挺好的，你不用挂念……”林曦上次跟周慕华通电话时，知道了大伯母去世的事情，遗憾自己没能赶回来送老人最后一程。欧阳忠眼圈一热：“都过去了……人死不能复生，你好好把研究做完吧，老人以你这个博士为荣呢。”考虑到纽约那里正是早上，林曦马上要开始一天的工作，大家赶紧长话短说，匆匆挂了电话。林曦已经出国两年了，中间只回过一次国，周慕华每天都在掰着手指头算女儿的归期。放下电话，她怅然若失地叹了一口气，随即又给大家打气：“快了，快了，紫荆，咱们再坚持半年你妈妈就回来了！”

转眼到了2007年的12月份，学校要选拔几位“小百灵”代表校方参加全市“迎新春少儿歌唱大赛”。听说参赛的小选手们都是各个学校推选的王牌，学校与学校之间、选手与选手之间都憋着一股劲儿想拿到名次，这可是代表着学校的实力，也代表着学校的荣誉啊！紫荆从二年级开始就是班级的文艺委员和学校“蒲公英合唱团”的领唱，“金嗓子”的美誉无人不知。音乐老师说，如果全校就挑一个人参加比赛，都非紫荆莫属呢，对她寄予了很大希望。那段时间，紫

荆放了学都会去音乐老师那里上一个小时的声乐课，回家比较晚。爸爸和姥姥倒是挺支持她，只是嘱咐她兼顾好学习，不能顾此失彼。

有一天晚上回来，紫荆突然一本正经地想跟爸爸“谈点事情”：“爸爸，这次参加比赛，我希望能有一件漂亮的演出服。”

“你不是说要穿校服参加比赛吗？怎么突然想要演出服了？”欧阳忠不知道这是学校的要求，还是紫荆自己的想法。

“是这样，学校没有规定我们在表演时是穿校服还是不穿校服，但是我们音乐老师听说很多外校的同学都自己定制了漂亮的演出服。就拿我们班的景恬甜来说吧，她也是这次的参赛选手之一，她妈妈为了让她能够赛出好成绩，给她花了好几万定制了一件演出服呢。今天我们排练的时候她穿给老师看了，雪白雪白的拖地长裙，镶着水晶，就像我梦里梦到的那条裙子一样，特别特别漂亮……我们老师都直夸‘美到无法呼吸’呢……”紫荆无限向往地说。

爸爸看着女儿稚气的面容，刚毅的嘴角现出动容的微笑：孩子大了，知道臭美了。爱美是女孩子的天性，想穿得漂漂亮亮参加比赛也不为过，但是还是要让她知道，什么是重要的，什么是不重要的。

想到这里，爸爸故意装糊涂地问紫荆："你们是什么比赛来着？"

"哎呀，歌唱比赛。爸爸，给你说了多少遍了，你一点儿都不重视，记都记不住！"紫荆噘起了嘴巴。

"哦，歌唱比赛啊，刚才被你一说我还以为是模特T台秀呢！"爸爸装作恍然大悟的样子。

"爸爸，我不要那么贵的演出服，我就想要一条稍微漂亮一点点的裙子好不好？我的衣服除了校服就是运动服，没有适合在舞台上穿的漂亮裙子，而且我现在也觉得穿校服上台确实有点'土'！"紫荆说的是实情，她的衣橱里确实都是简单的不能再简单的衣服。平时她倒是满不在乎穿戴的，可这回自己肩负重大使命，当然要"讲究"一下了。

"紫荆，我特别希望你在这次比赛中能取得好成绩，也特别希望自己的女儿站在舞台上能够受人瞩目，被大家赞扬。但是在我看来，仅仅穿得'漂亮'是远远不够的。"欧阳忠让女儿坐在身旁，一字一句地说。

"我们先说说'合适'跟'适合'这个问题。你们是以学生的身份去参加比赛，作为学生，我认为最重要的是'朴实和自然'而非'过分雕饰'。我知道你一向都是很朴素很本真的一个孩子，这次你怎么这么轻易就被别人影响了呢？

“第二，说说‘主次’的问题。这是一场歌唱比赛，比的是唱歌，比的是你对歌曲的诠释和理解，如果歌都没有唱好，穿得那么隆重华美，又有什么意义呢？

“第三，歌唱的重要意义。爸爸也喜欢唱歌，我觉得当我唱歌的时候特别开心，是一种莫大的享受，我所唱出的每句歌词都是发自肺腑，是从我心底流淌出来的，我觉得这样的状态特别特别好。你爱歌唱，是你特别享受歌唱本身的魅力，而不是因为歌唱能够给你带来名誉、好处、金钱，这样为‘唱歌’而‘歌唱’不就变质了吗？尤其你的参赛曲目是《歌唱祖国》，我更觉得应该是发自肺腑地抒发你对祖国的深情，而不是去‘表演’你对祖国的深情，你说对吗？”

欧阳忠一口气说出这么多“大道理”，本来担心女儿反感，没想到紫荆听得特别认真，还若有所思地皱起了眉头。

“爸爸，你怎么对唱歌的理解这么深刻呢？你知道吗，爸爸，其实我心里一直也是这么认识唱歌的，但是下午受了点影响，有点犹豫不决。我不要演出服了，我就穿校服参加比赛，我还要戴上我的红领巾和‘两道杠’可以吗？”

“当然可以，这才像个学生嘛！我希望我的女儿可以放下包袱轻装上阵，好好去享受这个比赛的过程！”欧阳忠为自己的女儿能够抵御虚荣和浮躁、做出正确的判断感到欣慰，她

毕竟还是个孩子，但正是因为她少不更事，就更应该给她正确的引导。

2007年的最后一天是比赛日，这次的比赛非常隆重，地点安排在北京音乐厅，这对于校园歌唱比赛来说，算是高规格的场地了。由于参赛选手众多，比赛从早上进行到下午，音乐厅里挤满了各个学校的老师和学生家长，大家都在焦急地等待着最终的比赛结果。小选手们背负着学校和家长的重托，显得格外紧张和惶恐，他们的压力实在是太大了。一时间，黑压压的音乐厅里充满了浓厚的“火药味”和凝重的气氛。

因为紫荆抽到的比赛顺序比较靠后，她选择了坐在舞台下面认真观看比赛。这让她以冷静的“旁观者”身份领略到了令人啼笑皆非的一幕又一幕。

刚进赛场，一位学生家长看到现场有六台摄像机，屁颠屁颠地跑过去挨个儿跟工作人员“套近乎”，让人家把她家的孩子“拍漂亮些”，结果被维持秩序的工作人员毫不留情地请了出去，她的孩子也差点被取消比赛资格；景恬甜和她妈妈一会儿去化妆间补妆，一会儿忙着拍照，一会儿又肚子饿了要吃东西，进进出出一刻也不得闲，带队老师气得一次次提示她们要“安静”；一位上台比赛的小女孩唱着唱着突然忘了词，站在台上愣了半天，哭着跑下了台；另一个男同学表

现欲特别强，歌曲的过门时突然表演起了武术，又是猴拳、又是蛇拳、又是劈叉、又是翻跟头，结果到第二段就气喘吁吁的根本唱不下去了，台下观众禁不住哈哈大笑，评委也直摇头。有个小男孩演唱结束走下舞台，由于没有取得好成绩，他妈妈非但不体恤安慰，反而劈头盖脸就数落他没发挥好，结果那个孩子突然当众发疯般地咆哮起来："我再也不要唱歌了！我再也不要唱歌了！"孩子和妈妈被工作人员迅速带走了，那孩子撕心裂肺的怒吼还在安静的大厅里回荡，不禁让人诧异：这究竟是比赛还是"上刑场"？

轮到景恬甜上场了，今天的她像一位甜蜜的小公主，真的非常漂亮，站在舞台的中央，她整个人都在闪闪发光。可是在接下来的演唱中，她扭捏作态的表演令所有人都大跌眼镜。紫荆听见旁边有几个家长小声议论："这孩子唱得还行，就是太做作了，'假模假式'的，让人真不舒服！"旁边的辅导老师也小声嘀咕："排练的时候没教她这样，咋还给我'加花'啊？又是她妈的'高招'，真是成事不足败事有余！"果不其然，评委给出的分数并不高，景恬甜悻悻离场。与紫荆他们一同来的另一名队员，原本在下面排练得好好的，可是一上场就发挥失常，声带发抖两腿发颤，表现平平，铩羽而归。老师紧张地握住紫荆的手："老师就看你的了，你一定要好好发挥啊！”紫荆给了老师一个灿烂无比的微笑，从容地走上了舞台。

这次比赛共有六十名选手，紫荆抽到了58号，在她前面，听了这么多选手的歌唱，评委老师们早已经疲惫不堪昏昏欲睡，只盼着比赛赶紧结束，所以对后面选手的关注度也明显降低。紫荆今天选唱的这首歌前面至少已经有十名选手唱过了，评委老师也没有什么新鲜感了，音乐响起，很多评委连眼皮子都没有抬一下。

“五星红旗迎风飘扬，胜利歌声多么响亮，歌唱我们亲爱

的祖国，从今走向繁荣富强……”随着紫荆清脆嘹亮的歌声响起，奇迹出现了：窃窃私语的观众屏住了呼吸，无精打采的评委竖起了耳朵，在场的每一个人都被她质朴而深情的演唱所打动。评委给她打出了全场最高分，观众们报以热烈的掌声，她取得了这次比赛的第一名。站在领奖台上的紫荆淡定而从容，高高兴兴地接过奖杯和证书，鲜艳的红领巾映得她小脸通红，她在心里默默地说：“爸爸，您说的是对的，谢谢您！”

比赛结束后，姥姥高兴地从观众席的后排走过来，给了

外孙女一个大大的拥抱——我的紫荆真棒！下午，老人悄悄在剧场看了大半天演出，怕自己的紧张情绪影响孩子，一直没敢跟紫荆打招呼，现在看到孩子得了第一名，她的心情可比紫荆还激动呢！祖孙二人跟老师道别，说说笑笑地走到了音乐厅的大门口。突然，一个特别有“艺术范”的叔叔走到他们面前，这位叔叔又高又瘦，留着齐肩的长发，穿着考究的西装，身上还喷了香香的古龙水。

他拦住二人说：“您好，我是《北京欢迎你》节目组的工作人员，我们要做一个跟奥运有关的面向全球华人的大型直播节目，我刚才一直在台下观看比赛，这名叫欧阳紫荆的小姑娘演唱得不错，我想让她来我们节目组试试镜……”他边说边掏出自己的名片。

“什么？奥运会，北京欢迎你，还导演？”姥姥上下打量着这个年轻人，露出质疑的目光。

“对！阿姨，著名导演李牧歌，知道吧，我就是他同事，负责歌舞节目这块儿，这是我的名片。”年轻人又递了一遍名片。

姥姥一边拉着紫荆赶紧离开，一边念念叨叨：“奥运会，还李牧歌，还试镜，还递名片，名片‘明骗’，不好，遇见骗子了，赶紧走！”

眼巴巴地看着老人拉着紫荆消失在人群中，这位叔叔愣

在原地独自“凌乱”：“嘿，老太太真有个性，真有‘觉悟’，连让人讲话的机会都不给！”

快快乐乐地度过一个假期后，开学再坐到教室已经是2008年了。课间操的时候，学校的大喇叭广播了紫荆获奖的喜讯，紫荆成为老师和同学眼中的“小明星”。布布打趣她说：“紫荆，你以后要是成了明星可不能忘了我呀，有演唱会一定要给我留张票！”小萱特认真，替紫荆说话：“她才不会是那种人呢，她一定会是我们永远的好朋友！”康康最实际：“要保镖吗？你可以先考虑考虑我，跆拳道黑带选手！”

看见景恬甜在一旁无趣地耷拉着脑袋，紫荆走上前去搂住了她的肩膀：“恬甜平常唱得挺好的，就是那天没有发挥好，如果你发挥好，我也不一定能得第一呢，对吧恬甜？”恬甜愤愤地说：“可不是嘛！那天我妈妈一会儿要我这样，一会儿要我那样，搞得我脑袋都大了！以后再也不听她的了！”

调皮的小胖子灰灰不忘记给景恬甜“揭短”：“你要不听你妈的，谁给你买‘名牌’啊？我们的名牌小姐！‘我的天，不要把我的阿玛尼弄脏好不好，好贵好贵的’……”灰灰捏着嗓子学她说话，景恬甜闻言又尴尬又难为情，冲上去要撕灰灰的臭嘴。眼看着景恬甜真的追上灰灰使劲拧他的胖脸，灰灰疼得龇牙咧嘴地讨饶，小伙伴们不禁快要笑疯了：“叫你嘴贱还跑不快！该！该！”

第二天中午下课，老师叫紫荆去一下校办公室。她推门进去，一眼就看见了那个在剧场门口遇见的长头发叔叔，校长还有老师正跟他聊什么呢，还挺开心的样子。“报告！”紫荆站在门口喊。老师向她招手：“快过来，紫荆，有好消息要告诉你。”原来，这个长头发叔叔不是骗子，他真的是2008年《北京欢迎你》导演组的工作人员，他的任务就是负责歌舞方面演员的选拔，由他确定人选后再推荐给导演，最后再由总导演李牧歌拍板确定最终人选。

长头发叔叔跟大家说，最近节目组遇到了一点难题，导演对《北京欢迎你》这个节目的演唱有了新的要求：他希望这首歌由清纯甘甜的毫无杂质的童声来演绎。2008年奥运会举世瞩目，李导又是一个挑剔的完美主义者，长头发叔叔跑遍了大半个中国也没有找到李牧歌导演心目中的小演员，直到前几天他被推荐观看了那场比赛。当时最后几个节目他本来都想走了，可是刚要出门就听到紫荆宛若天籁的歌声，他重新回到座位上听完演唱，一颗心激动得扑通扑通直跳——哎哟，终于找到了！终于可以交差了！昨天，他把现场拍摄的紫荆的几张照片先给李导过目，李导很满意，这不，他马不停蹄就赶过来了。

13. 梦想照进现实

夜幕降临，那个美丽迷人的仙女从茫茫大海的深处踏浪而来，手里托举着一颗晶莹剔透、璀璨夺目的夜明珠。海风吹拂着她裙裾旋旋、秀发飘飘，伴随着海浪拍打礁石的沙沙声，她动情歌唱，那声音宛若妈妈唱过的小夜曲，又好像风儿和海浪的和声。那声音，很美很美很美、很远很远很远、很静很静很静……紫荆循声走去，沿着沙滩去追寻那宛若天籁的动人歌声，可是这声音时弱时强，好像在和她捉迷藏。她跑呀跑呀，循着那耀眼的光芒，循着那动听的旋律。不知何时，紫荆仿佛走入一束绚丽的聚光灯灯光下，天地化作一个巨大的舞台，而她就站在这个舞台的中央。紫荆身着闪闪

发光的美丽纱裙，踮起脚尖，挥舞着小手，在温暖柔润的沙滩上伴随着仙女的歌声翩翩起舞，她转啊跳呀唱啊……

清晨，厨房里飘来的一阵阵香味儿把紫荆从睡梦中唤醒，不用问，肯定是姥姥又在做她爱吃的生煎包，三鲜的馅儿，烙得金黄的皮儿，一口下去顿时唇齿留香，再配上一杯热腾腾的现磨豆浆……那简直是绝顶的舌尖诱惑。姥姥大概是个隐匿在民间的烹饪高手，任何食材到了她的手里，都被赋予了神奇的性格和使命，它们的任务就是攻陷每一个人挑剔的味蕾，让他们与食物共同完成一段奇妙的旅程。

紫荆伸了个大大的懒腰，回忆起刚才的梦境不由得嘴角露出微笑，这个梦要成为现实的话，那该多美呀。匆匆起床洗漱完毕，温暖香浓的食物已经在餐桌上静静地等着她。爸爸因为上班比较早，通常是不在家里吃早餐的，可是今天是周末啊，怎么也不见个人影？姥姥说爸爸单位有事一早已经出去了……唉，又是加班！紫荆为爸爸没有口福品尝到这么鲜美的食物而惋惜。

麦可叔叔跟紫荆约好今天早上开车接她去剧组见“李导”面试，姥姥显得比她还紧张，一边忙着活计一边不断抬头看看挂钟，抱怨这个麦可磨磨叽叽的怎么还没到。

“真没有想到你能参加《北京欢迎你》迎奥运全球直播节

目，多神气、多光荣啊！你姥爷要是活着就好了，他是个体育迷，特别喜欢足球、排球、篮球、乒乓球，这么说吧，没有他不喜欢的，只要一有重大赛事，必定深更半夜还守着电视看转播。他要是知道在咱家门口都能看比赛了，那得是啥劲头啊？而且他的宝贝外孙女还要给全球华人唱歌呢……我昨晚激动得都没睡着！”姥姥刚开始还说得神采飞扬，可说着说着，眼圈都红了。

“姥姥，你要淡定，我爸爸说做大事的人都得有临危不惧的大将之风，胸有疾雷而面若平湖，越是大事就越要沉得住气，那样才会处变不惊，旗开得胜！”紫荆吱溜了一口香喷喷的豆浆，正陶醉在奶白色的豆浆所带来的细腻和香滑中，看到周慕华这么激动，反而一板一眼地安慰起姥姥来，一圈奶白色的豆浆沫挂在她的嘴边，像长了调皮的小胡子。

周慕华呵呵地笑了起来：“你爸爸快把你培养成‘战略专家’了，好好好，淡定！姥姥很淡定！”

“就是啊，那天你拒绝麦可叔叔的时候不是蛮‘酷’蛮‘淡定’的嘛！后来麦可叔叔跟我们校长说，被您特‘潇洒’地拒绝之后，他在风里‘凌乱’了半天，心里直纳闷儿：‘我就那么像骗子？’”紫荆跟姥姥学起麦可的表情，把周慕华逗得眼泪都笑出来了。一阵“丁零零”的电话铃声响起，周慕

华急忙抓起电话："喂，骗子你来了？啊，不不不，麦可你来了！"电话那头响起无辜的麦可可怜巴巴的声音："阿姨，您还说我是'骗子'呢！您赶紧收拾收拾带紫荆下楼吧，'骗子'这就带你们去见李导。"

周慕华放下电话嘴里叨咕着："得，一激动又说错了，麦可得恨死我了！"祖孙俩说说笑笑下了楼，麦可已经将车稳稳地停在楼下冲他们招手呢。面试的过程没有周慕华想象的那么严肃、复杂，她以前一直以为大导演李牧歌是特严肃、特严厉的一个人，可是她发现真实的李牧歌其实挺爱笑、挺和蔼的，这次面试，其实更像是一次愉快的聊天。紫荆唱了几首歌，做了一些舞蹈动作，被扛着摄像机和照相机的工作人员噼里啪啦一顿狂拍，然后李导又问了紫荆一些个人的爱好啊、特长啊、在哪儿上学啊之类的简单问题就匆匆结束了，说让她回去等消息。

麦可叔叔送她们回家的路上，姥姥小心翼翼地问："我们紫荆能选上吗？"麦可磕巴都不打地回答："您把那个'吗'去掉——依我对李导的了解，嘿，您就回家等好吧，老太太！可别再说我是'骗子'了啊，这么帅的小伙儿——我叫Mike、Mike、Mike，重要的事儿说三遍！"周慕华和紫荆开心地笑了起来，这个麦可或者Mike看起来确实又可爱又帅气

呢，就是头发太长了。

果然，第二天麦可就打来电话，通知紫荆已经被剧组暂定为参演歌曲《北京欢迎你》的演员之一。为什么说好的是独唱现在却成了“之一”呢？周慕华不解，麦可解释说：“因为这是一场特别重大的演出，你可以把这个‘之一’理解为‘AB角’，理论上紫荆应该是A角，但是在排练的过程中如果表现不佳，有可能变为B角或者被淘汰，因为不到直播当天，谁都不知道最后站在这个舞台上的是谁。”麦可又说：“现在排练还是很紧张的，你们跟学校协调好时间就可以了，同时我们也会考虑尽量少占用紫荆的学习时间。”

紫荆入选《北京欢迎你》迎奥运全球直播演出的消息像一阵风传遍了整个学校，一些老师视她为学校的骄傲，叮嘱她好好表现，为学校争光，为国争光。

紫荆在学校里处处受人“关注”，这让她多少有一点不安。比如以前跟同学说话的时候她都比较随意，现在如果哪句话说得不合适就被同学说是“耍大牌”或者“瞧不起人”；比如以前景恬甜喜欢找她一起唱歌，一起去小花园里捉蝴蝶，可是自从她上次得了“第一”之后，景恬甜都很少跟她说话了，她约景恬甜一起去音乐老师那里上课，景恬甜都特别冷漠地拒绝了，好像在景恬甜的眼里，她变成了挡路的

“绊脚石”。以前偶尔考试发挥得不理想，大家都不会在意什么，可是上次她因为耽误了课程，数学考试只得了七十五分，老师竟然当着全班同学的面说：“有的同学觉得自己了不起就要翘尾巴了。”害得她都想找个地缝钻进去。

也是啊，自己以前的数学从来没有低于九十五分，数学老师总是拿她给同学们做榜样，口头语经常是“你们瞧瞧人家紫荆”，这次她真的是让老师太失望了。看来人的精力总是有限的，想要处处优秀，那就要付出更多的努力和汗水。紫荆暗暗掐了一下自己的手指，生疼生疼的，她用这疼告诫自己，一定要吸取这件事情的教训，学习上再也不能有丝毫的懈怠和马虎。于是，人们经常在演出的排练场上看见一个爱读书的小姑娘，别的小孩在排练间隙都是嬉笑打闹聊天吃东西，唯独她会找一个安静的角落摊开书本认认真真补习功课，而一听到集合的哨声，她又会全身心投入到导演交代的每一个步骤中。

那天排练结束，麦可叔叔走到紫荆身边苦着脸说：“导演昨天确定了《北京欢迎你》节目的最终人选，这个人不是你。”

麦可叔叔跟她解释：“你这几个月长高了大半个头，都快接近成人身高了，从视觉效果上比较，还是个子娇小、长相甜美一些的穆可可可能会更有观众缘一些，咱们这个节目特

别注重突出现场视觉效果，请你理解。”麦可本来以为这个小姑娘会伤心难过，没想到紫荆只是平静地说了一句话：“叔叔，那我就把配角做好吧。”麦可难过得眼圈都红了，他恨不得替这个懂事的孩子大哭一场：辛辛苦苦大半年，该露脸的时候，唉……他张开双臂给了紫荆一个大大的拥抱，心里暗暗地说：“孩子，难为你了，算我们欠你的！”

这件事情过去后的很多年来，紫荆从来没有因为自己由“A角”变成“B角”而感到不平和难过。个子长高是自然规律，剧组最后的选择也是出于多方面的综合考虑。遗憾归遗憾，但她和其他小演员们一样，是这场盛会的参与者和见证者。在天安门前，五星红旗升起的那一刻，她的内心一样充满了骄傲和感动——这还不够吗？这几个月的训练磨炼了自己的意志，锻炼了自己各方面的能力，怎能说是失败或者没有收获呢？

紫荆的心里满满都是感激：感激导演叔叔、麦可叔叔、一起排练的小伙伴……当然，她最感激的还是爸爸，是他告诉自己“用心去歌唱，用情去歌唱，用爱去歌唱”，而自己就是这么做的。

14. 地动山摇

2008年的4月份，紫荆的妈妈终于结束了漫长的访学之旅，回到了日思夜想的亲人身边。一家人长时间不见，自然少不了嘘寒问暖百感交集，可是思念的话还没来得及说完，大家又分别投入到紧张的工作和学习当中。

如今紫荆校内校外奔波还要兼顾学习，压力还是挺大的，她设身处地、推己及人，理解了爸爸妈妈的那一份“使命召唤，身不由己”：有些事情你既然开始做了，真的没有退路，你得倾尽全力在这个轨道里周而复始地继续下去，直到完成这个过程才算告一段落，而等待你的将是下一个挑战。人生就是在这种不断的挑战和超越中完成了自我的积累与升

华，收获着一路不同的感受和风景。

随着《北京欢迎你》实况转播的一天天临近，紫荆和小演员们的排练也更密集和紧张了，每天魔鬼式的训练让她的精力和体力都严重透支，回到家还要做一大堆习题和温习功课。爸爸现在全部身心也投入到了北京奥运的保障工作上。他说，1972年德国慕尼黑奥运会上，巴勒斯坦激进组织突破奥运村安全防线，枪杀2名队员，劫持并最后枪杀9名人质；1996年美国亚特兰大奥运会期间，在欢乐人群聚集的奥林匹克公园内突发爆炸，造成1人死亡、100余人受伤……安全是成功举办奥运会的根本保障和主要标志之一，也是历届奥运会取得成功的先决条件。血的教训让爸爸和他的同事在安全保卫工作中不敢掉以轻心，所以，作为“人民卫士”的爸爸更繁忙了。

爸爸忙，妈妈也忙，她刚回国不到一个月，就被各地邀请去做学术交流。她前几天刚从上海、南京回来，还没来得及喘息就要赶赴贵州、云南、四川等地调研当地教育情况。于是姥姥就经常跟放学回家的外孙女发牢骚：

“你们一个‘野人’，一个‘飞人’，一个‘小忙人’，都不着家，就剩下我这一个‘闲人’天天守着空荡荡的家。唉，还是唱两口京剧解解烦忧吧……‘臣要学姜子牙钓鱼岸上，臣要学钟子期砍樵山冈。臣要学诸葛亮耕种田上，臣要学吕蒙正苦读文章。弹一曲瑶琴流泉声响，捉一局残棋烂柯山旁。写一篇法书晋唐以上，画一幅山水卧有残阳。春来百花齐开放，夏至荷花满池塘。秋后菊花金钱样，冬至蜡梅戴雪霜……’”伴随着姥姥咿咿呀呀有板有眼的哼唱，一桌丰盛的晚餐也在她手中粉墨登场了，平和的日子就这么周而复始地在她的翻炒中变得更加有滋有味起来。

2008年5月12日14时28分04秒，四川汶川，超过8级的地震猝然袭来，大地颤抖，山河移位，满目疮痍，生离死别。这是新中国成立以来遭受的破坏性最强、波及范围最大的一次地震。

这天是个星期一，和往常一样，放学回到家中的紫荆一进门就叫“姥姥”，可是叫了几声都没人回应。她放下书包走进姥姥的卧室，只见姥姥神情凝重地坐在床上垂泪，紫荆心里一紧：“姥姥，你病了吗？快去医院吧！”

姥姥摇摇头：“紫荆，你知道四川发生大地震了吗？你妈妈出差就是去那边啊，我下午给她打电话怎么打也打不通，你爸爸也打了，也是没有消息……我真怕你妈妈……”

“妈妈！”紫荆的心里咯噔一下，抓起电话就按，电话的那头居然没有任何声音。她不甘心，一遍一遍按着重拨键，

可是电话那头永远都是令她绝望的寂静。一种前所未有的恐惧感向她袭来，她感到头皮发麻，浑身发冷。“妈妈！妈妈！”她边拨打着电话边哭喊着，周慕华搂着紫荆嘤嘤地抽泣起来。

周慕华的内心有种强烈的不祥之兆——自己的丈夫就是在去贵州采访的途中遭遇了车祸不幸遇难，难道他们的女儿也摆脱不了这样的魔咒，要追随她的父亲而去……“林曦的爸爸呀，你在哪儿啊？你睁开眼睛吧！如果你在天有灵，可一定要保佑咱们的女儿逢凶化吉、平安无事啊……你走了，我再也不能失去女儿了呀！”周慕华灰紫的嘴唇不住地颤抖着，此刻心如刀割般疼痛。

桌上的电话铃声骤然响起，紫荆一个激灵快步冲上去拿起话筒，电话那头是爸爸的声音：“紫荆，四川发生了很强烈的地震，现在形势非常严峻，你妈妈那边我还没有联系上，现在地震把当地的通讯设施摧毁了，所以打不通。你和姥姥要保持镇静，我们继续联络，我相信你妈妈不会有事的，你要安慰好姥姥……”

“爸爸你什么时候回来？我……我怕……”

“孩子，爸爸这里还要处理好多事情……”

“我要你回来！我要你现在就回来找妈妈！我要妈妈！我

要妈妈!”紫荆再也克制不住内心巨大的恐惧和激动，大声冲着爸爸哭着喊着。电话那头的欧阳忠宛如万箭穿心，林曦联系不上，生死未卜，他何尝不是肝肠寸断、忧心如焚？但是他有自己的岗位，容不得他有太多的儿女情长。

“紫荆，你听我说，现在是非常时期，爸爸不能随便离开岗位，爸爸会想尽办法跟你妈妈取得联系，你现在要和姥姥一起保持镇定和理智好吗?”欧阳忠离开办公室，站在走廊里小声跟女儿说着，他不想因为自己的私事影响了大家的工作情绪。

“爸爸，你是个冷酷的人，就会工作、工作！你不去找妈妈，我现在就去找妈妈……”紫荆激动地摔下电话，哭着跑进自己的房间准备收拾行李。长这么大，她从没有跟爸爸顶过嘴，可是今天出了这么大的事，爸爸还要她“镇定”还要她“理智”，她怎能做得到?!

欧阳忠挂断电话，擦了擦眼角，挺直了腰身，又转身返回指挥中心的大屏幕前，跟同事们研究下一步的行动部署和规划，他这里是一场持久战啊。

姥姥抱住紫荆呜呜地哭道：“我的好孩子，我不能让你去冒这个险，你知道你妈妈在哪儿吗？咱们怎么找？再说，余震不断，去了不是去送死吗？刚才电视报道说铁路、公路、

通讯都断了，救援部队和救援物资都运送不进去，你往哪儿走啊……”

“是啊，往哪儿走呢？”这一问重重地撞击着紫荆的心灵，她转过身托起姥姥的脸颊，轻轻给她擦去泪花，哽咽着说，“姥姥，妈妈一定会没事的，一定会没事的，咱们在家里等妈妈……”

“嗯嗯……”姥姥流着泪点头，祖孙的手紧紧地握在一起。

紫荆打开电视，想从新闻报道中获取点滴的信息，可是姥姥说不敢看，让紫荆赶紧关掉。姥姥其实已经看了一下午，她实在不想让那些惨烈的镜头被紫荆看见。祖孙俩默默地坐着，过一会儿就狂拨一阵电话，看看能不能接通林曦，可是每次都是失望地放下话筒。她们痴痴地守着电话，期待着奇迹的出现。

欧阳忠下班回到家中，一进门就看见客厅里一老一小正泪眼婆娑地发愣，厨房里清锅冷灶，一定是没吃晚饭。他一时不知道该如何劝慰，自己的心里何尝不是下油锅般煎熬？灾情的严重性超乎想象，林曦所处的区域正是震中。他缓缓地瘫坐在椅子上，失神地望着茶几上的电话……

经历了二十四小时刻骨铭心的守候，他们终于等来了林曦的电话——她，还活着。

地震发生时，林曦和同行的张教授、李教授正在汶川前往成都的路途中，车上还有汶川县的三名老师和当地几所小学的二十名小学生，他们是由老师选拔带领去成都参加“爱祖国爱家乡作文大赛”的，跟林曦他们刚好坐同一辆车。大客车一路载着欢歌笑语徐徐前行，可谁能料到此时此刻巨大的危险已经悄然扼紧了他们的喉咙——刚刚驶过汶川县映秀镇，地震就发生了。大客车内的他们感受到了强烈的震动，车窗被震碎了，玻璃飞溅，人从座位上弹射出去又被重重抛下。大客车“嘎”的一声斜歪在路边的排水沟内，车头和车身被两棵树夹住。一时间，孩子们的尖叫声和哭喊声充斥着整个车厢。

林曦亲眼看见紫坪铺水库的水位暴涨，还看见山上的村庄在泥石流中瞬间消失……可怕！真是太可怕了！林曦事后用一首诗描写她在这场灾难中看到无数可贵的生命瞬间消失的感受：

泥沙和岩石无情地翻滚和咆哮，
钢筋和水泥脆弱地断裂和倒塌……
地震来了——人们在地动山摇的剧烈摇摆中惊呼！
他们想抱起地上牙牙学语的婴儿，

他们想抓住爱人那惊慌失措的手，
可是，这一切来得太快了，
一个个鲜活的生命被毫无防备地击倒，
来不及做出任何抵抗……
没有如果，也没有但愿和假设……
尽管我们一万个不敢相信也不愿意相信，
可是上万条生命已经永远地消失在噩梦里，
他们还没有来得及跟这个世界，
跟最亲爱的人说声“再见”……
在惊心动魄的摇摆之中，
桥梁、房屋、人、一切的一切像大海之上的一叶扁舟，
被巨浪席卷、淹没，转瞬之间失去了踪影。
凄惨的呼喊声、求救声响彻在汶川的上空，
沉重的坍塌声、断裂声痛彻了祖国母亲的心扉……

由于沿山公路四周泥石流不断，车辆受困，林曦建议大家带领二十名学生迅速离开汽车步行逃生。可是张教授和李教授被吓坏了，嘴里叫着“完了，完了”，蜷缩在车上挪不动脚步，他们认为前途未卜，路上危险更多，还不如听天由命吧。一些胆小的学生也被吓破了胆，不肯离开车厢一步。带队的三位老师刚安慰好这个，那个又哭了起来，忙得团团转。

见此情景，林曦一边给大家做思想工作，一边鼓励大家齐心协力克服困难。她高喊着："同学们、老师们！时间就是生命，待在车上就是坐以待毙，孤注一掷闯出去或许还有一线生机！你们的亲人都在等着你们回家，你们还有美好的未来等着你们去成就，你们就这么放弃了吗？你们就这么没有信心吗？大家跟我喊'不抛弃、不放弃！不抛弃、不放弃！不抛弃、不放弃'！"

一个人的呼喊逐渐汇聚成了响亮有力的和声：张教授走出来了，李教授走出来了，不愿意放弃爱车的老司机走出来了，三位带队老师走出来了，学生们都走出来了，全车二十七个人一个不落全走出来了！

一路上他们遭遇了种种险情，翻滚的巨石、频频的塌方就在头顶，折断的大树横七竖八地躺在地上阻挡着他们的脚步。林曦看见无数个村庄在可怕的泥石流及塌方中瞬间消失，山路上许多车辆也被泥石流卷走，还有很多车辆被山体塌方的巨石击中，车体严重变形，惨不忍睹。她一马当先走在队伍的最前面，此刻她只有一个愿望，就是走出死亡之地，回到爱她的和她爱的亲人身旁。他们与外界失去了联系，当她拿出电话时，发现已经打不通了。此时此刻她不知

道，这场灾难远比她看到的还要可怕，还要残酷。

林曦在灾难面前表现出了非凡的勇气和强大的母爱：她牵着一个哭喊着“妈妈，妈妈”的小姑娘快步飞奔；她的胳膊被玻璃划伤了，流着血也顾不得包扎；她的脚被锋利的山石磨破了，也没有放慢脚步。活下去！活下去！活下去！这是她此刻唯一的愿望。她当时打算，万一出现危急情况，她一定毫不犹豫地用自己的身体去保护这些学生。她一边抚慰着孩子们的情绪，一边唱起了歌给大家鼓劲儿。经过六七个小时的艰难跋涉，他们终于在第二天零时成功步行至都江堰市，路途中成功躲避了死神的威胁。

通过这次事件，紫荆重新认识了妈妈，原来她并不“柔弱、胆小”，在关键时刻，她整个人都充满了惊人的力量，光芒四射，成为照亮别人的一盏明灯。

死里逃生后，林曦回到北京做的第一件事，就是把存折里的十多万元存款全部捐给了灾区，姥姥、爸爸、紫荆都倾其所有，为灾区的父老乡亲捐钱捐物。林曦还带领学生们走上街头为灾区老百姓募捐，她满含热泪慷慨激昂的演讲引起了民众强烈的共鸣，激发了大家抗震救灾的激情。她说：“我们不要母亲哭泣，什么困难都不是困难，什么灾难都不是灾难。让我们把哀伤化作行动，让我们把眼泪化作信心。所有

中华儿女都是您的未来，都是您的希望；所有中华儿女都是您的力量，都是您的荣光！”

爸爸妈妈还去义务献血，这对于妈妈来说那可真是有“划时代的意义”——想当初，妈妈看见血都会吓得脸色煞白，手被割了个小口子都会紧张得哇哇大叫呢，可是如今的她竟然这么坚强。

爸爸感叹，在这次地震灾害面前，中国人深深领会了“一方有难，八方支援”的内涵：捐款、献血、当志愿者……几乎每一位中国人都在这次大灾大难面前找到了自己的坐标，纷纷用行动诠释着积聚在血液中的民族之爱、人性之光。“5 · 12”是一个灾难日，可也有人说“5 · 12”的谐音就是——我要爱，它提醒我们用爱去点亮生命、照耀他人。阴霾散去，我们相信爱的花朵一定会盛开在每一个角落，这是我们对生命、对祖国最好的抚慰和报答。好好爱，就从今天开始！

妈妈说：“活着真好，一定要好好生活，善待生命。”

紫荆说：“妈妈变了，她心里那个怯懦的小兔子不见了。”

爸爸说：“这就是成长，成长会伴随人的一生。”

15. 被束缚的梦

“丁零零……”伴随着清脆的放学铃声，学生们像快乐的小鸟飞出校园。紫荆伸了个大大的懒腰，慢慢合上书本。高三的最后一个学期了，每天一进教室都能体味到大战来临之前那种紧张焦灼的气息，不管怎么镇定自若，在这种环境下耳濡目染，也颇感到压抑——快了，快了，坚持，挺住！她伸开双臂举过头顶，顷刻又满血复活了。仰望湛蓝的天空，朵朵白云纯净明媚，阵阵青草的清香在空气中弥漫，路两旁的柳树长出了新芽——又是一个春天。

她出了校门并不是回家，而是直接去培训学校上课，从初中到现在已经坚持了快六年，从周一到周六，只要没有特殊情况，都要去补习英语、意大利语、俄语、钢琴、视唱练耳、声乐等课程。为什么要补习这么多庞杂的课程呢？这话还得从几年前说起。随着紫荆一天天长大，她发现自己对音乐的喜欢变成了爱，变成了生命中不可或缺的一部分。她希望能成为一名真正的歌者，可是这个愿望屡屡被妈妈坚决反对。

“妈妈，我喜欢音乐，喜欢唱歌，一听见那些美妙的旋律，我就觉得快乐和舒畅，而且老师也说我特别有潜力，我一定会学好的。”

“不行，你现在正是好好学习文化知识的时候，应该分清楚主次！在学校参加个合唱队陶冶一下身心就可以了，你还想在这方面耽误多少时间啊，最后不还是给别人当个陪衬吗？所以呀，别在这些没用的东西上瞎耽误功夫。”林曦正在伏案修改一大堆书稿，匆匆抬头看了女儿一眼，一副不容置疑的表情。

“参加奥运会期间的直播节目没有耽误我的学习，我不是陪衬，是参与者、见证者，挺有收获的！妈妈，歌唱是我的梦，我一定要把这个梦想变成现实，您就支持我吧！”紫荆有点委屈，她想不通妈妈为什么唯独在这件事情上如此执拗。

“你呀，是不是‘超女’看多了？小小年纪不要一脑门子

都是‘出名啊’‘成功啊’那些不切实际的想法，哪有那么多鲜花和掌声啊？哪有那么多万众瞩目、光鲜亮丽啊？就算是有，你看看那些成名的小童星，本来应该是好好在学校求知的年纪，却天天上一些娱乐节目、拍戏、参加晚会……到处赶场，说着跟自己年龄不符的言不由衷的话，你觉得这就是‘成功’？都不知道他们的父母是怎么想的，简直拿孩子当摇钱树，以后孩子还能正常成长吗？”林曦从鼻子里轻哼了一声，对女儿幼稚的想法表示不屑。

“妈妈，不是像您想象的那样，我不是为了出名，我就是想把唱歌当作我终生的奋斗目标，为快乐去唱，为喜欢去唱……您就答应我吧！”紫荆拖长了哭腔。

“为快乐去唱，为喜欢去唱，很好呀，那你随时随地都可以唱歌啊，没必要非得去上这个课、那个班的。”林曦推了推滑落在鼻梁上的眼镜，头也不抬地说。

“可是我们老师说，我现在练琴的时间太少了，如果再不加快速度的话，以后真的就太晚了！我都十多岁了，别的小朋友从四五岁就开始练琴了，咱们家有钢琴，姥姥说你弹琴弹得可好了，可是你自己不教我也就算了，为什么还要把琴给锁上？我没见过像你这样自私又冷酷的妈妈！自己不喜欢就不允许我去做，你还是教育专家呢，你根本就不拿自己女

儿的教育当回事，你更不尊重我这个活生生的人，你是个彻头彻尾的‘法西斯’‘独裁者’‘自私鬼’！”紫荆终于爆发了，很长时间以来，积聚压抑在心头的话像连珠炮一样喷射出来。

“我说不行就是不行。你想学可以啊，除非我死了。”沉默片刻，林曦面无表情地甩出一句狠话。看来她真是钢板一块，丝毫不为女儿的话所动。

“我恨你！你会后悔的！”紫荆哭着跑进自己的房间，反锁上房门呜呜地痛哭起来。

晚饭做好了，姥姥轻轻呼唤敲着房门，紫荆也不搭腔。

林曦在一旁使眼色，制止周慕华说：“让她倔，别以为这样就能让我妥协！不知道好歹，昏了头了！”

周慕华叹着气对着满桌子的菜发呆，一时也是胃口全无。女儿林曦的心结她不是不懂，女儿说的不是完全没有道理，如果当初继续留在那个歌舞团，林曦能有今天的成就吗？她年纪轻轻已经是享受政府津贴的青年专家，走到哪儿都是受人尊敬的学者、教授，出版的教育学著作堆成了小山，培养的学生桃李满园，多有成就感啊。再反观以前歌舞团的很多同事，真是令人唏嘘。

前几年演出市场不景气，又恰逢院团体制改革，人心惶

惶，歌舞团的人连工资都拿不到。上次他们团有个德高望重的老艺术家得了重病，团里没钱报销医药费，老人家被逼无奈四处借钱看病。后来他给林曦打电话，痛哭失声：“你当年是我最看好的‘苗子’，我们几个老人跟团长苦苦求情，也没能把你留住！也好，你走了也好！现在团里都成啥样了，演出机会少，工资发不下来，很多人都去给人家唱‘堂会’挣点小钱养活自己，我们被人称呼了一辈子‘人民艺术家’，可是到头来却要强颜欢笑在大款的生日宴上、富豪的结婚典礼上卑躬屈膝像条狗一样，人家让你笑你就笑，人家让你唱你就唱，人家让你喝你就得喝，哪怕喝得吐了！为了那点可怜的钱，我们活得还有尊严吗？还不如死了算了……你说这世道咋变成这样了？”

林曦二话没说，跑到医院给老艺术家垫付了三万多元的医药费，可是不到半年老人还是走了，走得凄凉而哀怨……

再说当年利用流言和卑鄙的手段企图把林曦置于死地的汤薇儿，前些年风光了好一阵子，又是演唱会、又是出专辑，国内的大型晚会上都能看见她的身影，还给她封了个什么“妙歌皇后”的头衔……可是上个月翻看报纸，突然发现“皇后”变成阶下囚了，说她混迹于政商两界，做了很多不可告人的内幕交易和勾当，被判处二十年的有期徒刑。想想昨天还是香车宝马前呼后拥，今天就遭受众夫所指。不知道她面对铁锁寒窗，是否追悔曾经的人生？

吵归吵，对于紫荆那天耍脾气不吃饭，林曦也没有太在意。小孩子一时想不明白，使使性子、撒撒娇，等平静下来就好了，再说她房里的饼干桶里有些零食，就是不吃饭也饿不着她。看看天色不早了，大家看她屋里黑着灯，以为她睡着了，也都各自去休息了。谁料想，倔强的女儿竟然以一种决绝的方式与她做顽强的对抗。

深夜，紫荆拿出纸笔，边哭边写了长长的《告别书》：

妈妈，我知道你是爱我的，可是这样的爱让我窒息！以前你在我心目中是那么完美、那么伟大的一个妈妈，可是现在我不知道你怎么了，你变得冷酷而不近人情。好多次我都尝试着跟你沟通，我都想用我的表现向你证明，你的女儿是个有理想、有追求的人，我的选择不是脑子发热，不是为了出名，我就是爱唱歌、想唱歌，想好好地唱歌，可是你根本就不给我说话的机会。

还记得小时候你哄我入睡，给我唱的《小夜曲》吗？在悠美的旋律中入睡，我在梦里都会露出甜蜜的笑容；还记得我们想念爸爸时唱的那首《月之故乡》吗？

在歌声中我好像看见爸爸在跟我挥手；还记得在香港的中环军营，我们仰望红旗跟爸爸一起唱的《歌唱祖国》吗？就是这些雄浑豪迈的歌声给我力量，伴随着我每一天的成长；还记得你和爸爸带着我泛舟后海，我们一起唱了《让我们荡起双桨》吗？那时候我们是那么享受歌曲带给我们的快乐和畅想……

我不知道歌唱在你的人生中留下了什么恐怖的记忆，以至于让你那么痛恨我的选择，要无情地扼杀我的追求和向往，连爸爸好多次替我求情，你都很不高兴地对他发脾气，让他不要管，我从来没有看见你对爸爸发过那么大的火，这到底是为什么？我想不明白！但是无论是以什么样的理由和借口，我都不会接受，更不会原谅！假如没有音乐，我就失去了快乐和阳光，那么我的生命还有什么意义呢？既然你要这么一味剥夺我的自由和梦想，那么我只好遗憾地跟你告别了，我从哪里来的，就让我回到哪里去吧……

后面的署名是“爱你们的女儿——紫荆”。她还给爸爸和姥姥也写了《告别书》，嘱咐他们要好好保重身体，自己再也不能尽孝了等等。咬着嘴唇擦了擦眼泪，她悄悄打开家门，消失在夜色中。

欧阳忠回到家才得知娘俩之间刚刚爆发了“战争”，他惦记着女儿想去安慰，可顾念着林曦这边也在生气就先劝慰了妻子几句，说她不应该跟孩子说这么重的话，再说紫荆想学音乐也没有什么不对，为什么非得寸步不让呢？紫荆学习一向挺好的，相信不会因为多上几节音乐课就影响了成绩。每个人都有自己的人生，既然孩子执着于她心中的梦想，还是应该尊重她、鼓励她。至于以后的路，谁知道呢？林曦慢慢缓和下来，让他去看看女儿的动静。

女儿的房门是虚掩着的，打开台灯，一眼就看见书桌上的《告别书》。呀！欧阳忠吓出一身冷汗，这个倔强的孩子怎么变得这么冲动？她会去哪儿呢？

“我从哪里来的，就让我回到哪里去吧……”他仔细分析着字里行间透露的点滴信息——对了，肯定是后海了！第一，紫荆书包里的公交卡和零钱包不见了，应该是坐车去一个地方；第二，紫荆从小对后海就有深厚的感情，知道爸爸妈妈就是在那里认识，才有了他们幸福的一家，而且她五岁的时候“玩失踪”找爸爸也是去了后海……他们家门口就有一趟车直接通往后海，现在还不到11点，她应该是坐公交车去了那里。欧阳忠匆匆叫上林曦，两人飞奔出去。

夏夜的后海，灯影婆娑，凉风习习，有阵阵荷花的清香。紫荆坐着公交车来到了这个熟悉的地方，孤单的小身影徜徉在月明星稀的荷塘旁。她从来没在夜晚时分来过这里，没想到夜色中的后海反而有着别样的风情：四周的灯光倒映在晶莹的湖面上，随着人的脚步移动能变幻出五彩斑斓的图景；袅袅婷婷的荷花仙子静静地伫立在水面之上，片片荷叶遮住了她冰清玉洁的面容；不甘寂寞的鱼儿时不时跃出水面窥视一下四周的动静，尾巴掀起一道弧形的水光，像一捧银色的碎玉撒在湖心当中。美，真美啊！真没想到北京的夜晚如此生动，如此诗情。

紫荆从心底里对于“生死”这个问题并没有深刻的认识，写完《告别书》把内心的愤怒和委屈宣泄完毕，她踌躇了半晌是不是该这么做，可是一想到林曦那么简单而又粗暴地干涉自己的梦想，就感到生气和绝望。她深深知道林曦的脾气是外柔内刚，别看平常她柔柔弱弱，对人客客气气，可是只要她说“不”的事情往往很难让她改变主意。从五六岁开始萌发对音乐的热爱，紫荆就希望得到妈妈的支持，可是每次林曦都是用不容置疑的态度粉碎她的奢望。如果不是从小学到初中紫荆都是文艺骨干，从而得到各位老师的悉心调教，恐怕紫荆的音乐梦想真的要断送在林曦的固执己见上。

紫荆呆呆地坐在湖边望着湖水发愣，“呱呱……”树梢上突然有只乌鸦不知被什么惊起，扑扇着翅膀扑棱棱飞远了。紫荆蓦地被吓了一大跳，让她不禁想起“月明星稀，乌鹊南飞。绕树三匝，何枝可依”这句诗来，唉，原来它也像我一样“无枝可依”啊……

“你想学可以啊，除非我死了……除非我死了……除非我死了……”脑海中又响起妈妈说过的话，紫荆难过地嘤嘤哭了起来。有条鱼儿悄悄游了过来，探头探脑地吐着泡泡，仿佛对她说：“来吧，我这里自由自在；来吧，我这里没有烦恼；来吧，我这里有神奇的音乐……”她精神恍惚，不知不觉站了起来，朝着湖面走去……

“紫荆，你在干什么！”一声断喝，爸爸不知什么时候出现在身后。紫荆一个激灵，才发现自己竟然不知不觉越过了岸边汉白玉的栏杆，再往前跨一步就是深不见底的湖水。爸爸一把把她从栏杆外侧抱出来，又惊又怕的紫荆扑在爸爸怀里大声哭起来。远处灯影下的林曦看到这一幕颓然掩面，躲在一棵树后面默默流泪——女儿赢了，此时此刻自己还能说什么呢？罢罢罢，由她去吧。

经过这件事情之后，林曦表面上是不反对紫荆学习音乐了，可是她又和女儿有了新的“约法三章”：第一，每门功课

不能低于九十分；第二，两年时间内钢琴达到十级水平；第三，除了英语，还要掌握纯正的意大利语兼修俄语，这可是学声乐的必修课。她们还约定，如果这三条要求达不到，紫荆永远都不要再提学习声乐的事情。姥姥在旁边鸣不平，这条件也太苛刻了，这是要累死孩子啊！可紫荆咬着牙答应了条件，妈妈越反对，反而越激发了她心里的斗志。

“紫荆，等一等！”同班同学尹青青气喘吁吁地追上了她。

“你怎么一溜烟儿走得这么快，叫你几声都不答应！哎，你决定报考哪个学校了吗？”尹青青关切地问着好朋友，这也是这段时期同学之间讨论得最多的一个话题。

“嗯，决定了，中央音乐学院。”紫荆愉快地说，黑黑的眸子在夕阳下熠熠生辉。

“不是听说你妈妈非要让你报考哈佛吗？她竟然同意你报考中央音乐学院了?!”尹青青吃惊地抓住她的手跳了起来。

“妈妈虽然不大同意，但是我还是想遵从自己内心的声音，不管前面的道路怎样，我就是想为自己做一次比较纯粹的选择。”紫荆抿了抿嘴唇露出自信的微笑。

“嗯，我支持你的选择，我们的青春应该由自己做主。”尹青青激动起来。她和紫荆“同病相怜”：她著名的律师父亲极力要求她报考英国牛津大学，而她本身是个喜欢古典文学的女生，一心想要在唐诗宋词的静谧氛围中细品美好，吟诵岁月。她早就说过，如果让她像父亲那样每天在沉闷的法庭上唇枪舌剑、斗智斗勇，她一定会无比痛苦、瞬间崩溃的。

“看来你已经说服你爸爸放你一马了！选哪所大学呢？”

“哼哼，当然是香港中文大学咯，我可是对它倾慕已久了！”

“嗯，太好了，那就祝我们梦想成真！”

“耶！梦想成真！加油！加油！”

两个小伙伴拳头相抵，欢快地撞击了两下。

青春的面孔沐浴着金色的阳光，是那么生动，神采飞扬。连春风都会羡慕她们火红的年华里蕴含着的昂扬向上、朝气蓬勃的力量。

她们肩并肩大步向前走着，飞舞的柳絮像调皮的小鸟追逐环绕着她们，被她们轻轻一抓就停留在了手心当中。这些毛绒绒的小家伙们不甘示弱，一不留神就钻到她们鼻子里哈痒痒，她们赶紧放开小调皮，让风儿托着这些胖乎乎的小绒毛自由自在地玩耍去了，林荫道上响起了她们一连串欢快的笑声……夕阳已经醉了。

16. 鲍家街 43 号

2015 年 7 月，紫荆终于收到了梦寐以求的中央音乐学院声乐歌剧系的录取通知书："欧阳紫荆同学，你被中央音乐学院声乐歌剧系音乐表演专业(女高音)录取，学制五年。"录取通知书背面还有一段特别有意思的话："亲爱的新同学：当你收到通知书的这一刻，你将永远成为中央音乐学院的一员，只要你遵守校纪，努力完成学院规定的各项学业，中央音乐学院的光芒将永远照耀你的前程。"本以为自己会激动得哭泣，可这一刻，紫荆的内心却无比平静。

紫荆深知自己为此付出的努力，是梦想和坚持让她走到了今天。她想起十年来日复一日地练琴、练声、学各门外语……真的不像她最初想象的那么容易。从新鲜、有趣到枯燥、乏味，再到后来的畏惧、纠结和痛苦，这个艰难曲折的过程只有她自己最清楚。

有一段时间练钢琴练得太狠了，紫荆的手指指关节受伤，每按下一个琴键都会钻心地疼，无数次她都是哭着弹琴，实在练不下去了就用热毛巾敷一下，擦干眼泪再接着练。她也曾怀疑过自己的选择，这么拼命究竟值不值得？有时她向爸爸诉说委屈，哭着说自己坚持不下去了，而爸爸有力的大手总是会在背后轻轻地推她一把。

“如果你现在放弃了，我真的为你以前的付出感到可惜，我不希望你轻易说放弃，但是我也不会强迫你做自己不喜欢的事情。不要把弹琴或者学习语言当作一个任务，而是要让自己从中得到充实和快乐。我相信你只是暂时遇到了困难，就像爸爸当年练习长跑达到‘临界点’的时候也曾经怀疑和崩溃过，但是我咬牙坚持跑完后，却发现自己不仅突破了身体和心理的自我设限，而且经历过这个过程后，我更增加了自信和直面挑战的勇气，相信我的女儿也可以。你问问自己的内心是否真的热爱音乐？现在不如深吸一口气，抬头看看天空；不要急躁，慢下来，再慢下来；倾听内心的声音，而不只是琴键上的……”

一次次，欧阳忠耐心地帮助女儿直面困难、挑战自我、走出低谷，小小少年哭过之后更加坚定了信念。

妈妈则一直极力反对女儿走艺考的“独木桥”。紫荆的文化课在学校一直名列前茅，别说考国内名校，就是考国际知名大学也应该不在话下。她认为紫荆是在“走弯路”，是在改写自己正确的人生轨迹。她苦口婆心地给紫荆做思想工作：“中央音乐学院2014届毕业生的就业去向，第一类是国家院团、部队院团和院校、音乐学院，第二类是地方艺术院团和院校，第三类是综合性大学的艺术学院，第四类是普教系统音乐教师，第五类是文化公司和事业单位。剩下的就是自主择业或者找不到工作的，你就认定自己能成名成家？这个舞台太小了、太拥挤了，你为什么不放宽自己的视野和胸怀，站在更高的角度思考，去做一些更有意义的大事?！你这样的选择真是辜负了自己的聪明才智，我为你感到深深惋惜和失望……”

而紫荆希望用事实证明：“我确实改写了自己的人生，但是考音乐学院才是我正确的人生轨迹，无论结果怎样，那是我从小到大一直以来的梦想。自己选的路，再苦再难也要走下去……”

这年的9月，紫荆以中央音乐学院学生的身份踏入了这所魂牵梦萦的大学，她和她的小伙伴们将在这里，谱写人生的新乐章。

中央音乐学院坐落在北京市西城区鲍家街43号，曾是清朝时期的醇王府，具有浓厚的历史底蕴和人文氛围。醇王府在康熙年间是清初大学士纳兰明珠的宅第，他的长子、颇具才名的词人纳兰性德就是在此宅出生的。1872年醇亲王奕譞成为宅子的主人，醇王府的名称也因此得来。醇王府历经了清王朝由鼎盛而至衰亡的历史进程，承载了极其丰富的历史文化信息。由于载湉（光绪帝）入继大统，醇亲王府成为“潜龙邸”。奕譞去世后，醇亲王府南府的前半部改建为醇亲王祠，后半部仍作为“潜龙邸”，1950年，这儿成为音乐高等学府——中央音乐学院的所在地。

走进校园，紫荆就被无处不在的艺术气息所感染：“中央音乐学院”几个金色大字散发着宁静、高洁的学院气质；墙上密密麻麻贴满了音乐会的节目单和艺术大师的课程安排；“未见其人先闻其声”，一阵悦耳的琴声和悠扬的歌唱如月光流水般倾泻而下，让人立即就感受到这座音乐学府的特点和魅力。

“没想到刚刚开学，已经有那么多勤奋的学长在用功呢。”想到今后的几年自己都将在这里度过，一阵兴奋和喜悦

涌上紫荆的心头——终于可以全心全意地做自己喜欢的事情了。匆匆放下简单的行李，她迫不及待地来到校园熟悉环境，尽管以前来过很多次，可此刻她依然对一切充满了新鲜感和好奇。

施坦威花园的设计灵感来自五线谱中的高音符号，鸟瞰花园，恰好是一枚高音符号。音符的西端是月季园，它不仅是施坦威花园的园中园，也是花径迂回的环岛；音符的东端是一池碧水，蓝天白云倒映其中，正如艺术的世界自由自在，清澈明净。花园里，漂亮的学姐怀抱着琴谱从身边匆匆走过，与其说是走过，还不如说是仙女一样飘过，学姐被风吹拂的长发散发着动人的馨香，青春的面孔洋溢着音乐所带给她的幸福光芒——紫荆暗暗赞叹道，这才是音乐学院最美的风景啊，转而想到自己也将成为这道迷人风景线中的一分子，小心脏不禁“扑通扑通”激动了好一会儿呢。

具有艺术气息和现代风格的综合楼广场是学院面积最大的景观，也是学校的中心。二层大演奏厅、八层歌剧排练厅、十层钢琴演奏厅、十二层民乐排练厅、十四层管弦乐排练厅，还有若干琴房、小排练厅、主科教室、阶梯教室……哇，以后就在这里上课和排练了，紫荆像寻找宝藏一样逐个探究。

恋恋不舍地走出综合楼，她又发现若干“新大陆”，比如绿草如茵、水声清脆的“叮咚园”，像大提琴一样温馨雅致的“琴园”，以及古色古香、宁静悠远的“筝园”……无不给予她触动心灵的美的感受。

转了一大圈，紫荆终于回到位于校园一侧的宿舍楼，绿树、红墙、爬山虎，瞬间让她有种回家的亲切感。宿舍楼共17层，紫荆的宿舍位于16层的1616室，这是一间宽敞明亮、南北朝向的四人间。每间宿舍配备个人独立大衣柜、置物架和舒适的床垫，条件还不错。因为是第一个进入宿舍，紫荆打扫完宿舍、收拾好行李后就站在阳台上歇息片刻，鸟瞰风景，墙外是高楼大厦喧嚣的世界，墙内却是清新雅静的艺术天空，此时此刻真想兴奋地放声歌唱。她又记起小时候做的梦，想到自己离这个梦更近了一步，嘴角不禁现出笑容。她环顾了一下空着的另外三个铺位，那几个女孩是不是也像她一样，有着五彩缤纷的梦呢？

紫荆从来没有住过集体宿舍，姥姥一直不想让她住校，怕学校吃住都不方便，另外跟几个不知道脾气和秉性的女孩子待在一起，万一委屈了宝贝外孙女呢？可是紫荆却一心想要磨炼一下自己，她跟姥姥说：“因为咱家老房拆迁，现在的住处距离学校太远了，我要天天练声、练琴，肯定还是住学

校方便。另外我也想多感受一下校园文化，为了充分利用时间，我还是选择住集体宿舍吧。”爸爸倒挺支持她住校：“挺好，我们那时候住一个宿舍的同学都成了一辈子的好兄弟，每次想起他们都觉得特别怀念呢！”

“咚咚咚”，响起敲门声，一个梳着高高的马尾、脸蛋红扑扑的女孩走了进来，看见紫荆，她甜甜地一笑，可爱又大方：“你好，我是黄丹丹，来自陕西西安！”女孩儿放下行李，一边微微喘着气一边做自我介绍。“你好，欢迎新伙伴！”紫荆高兴地伸出手，彼此第一次见面却丝毫没有距离感，像老朋友一样亲切。紫荆看她光洁的额头渗出了汗珠，一定是刚才走得比较急，忙让她坐下歇息，又拿出一瓶矿泉水递给新朋友。黄丹丹细细打量着面前这个长发垂肩、清新优雅的美少女，由衷地赞叹道：“简简单单的白衬衣、蓝裙子都被你穿得这么女神范儿，我真见识到啥叫美女了！”紫荆莞尔一笑：“你也很漂亮啊，一笑就有两个甜甜的酒窝，好像里面盛满了佳酿呢，我都醉了！”两人咯咯地笑了起来。北京的九月，秋老虎还有些威力，她们把窗户全部打开通风，又分头找来抹布仔细地擦拭着宿舍的桌椅板凳，风风火火地忙碌起来。

“哎哟，已经有小伙伴捷足先登了！”门外传来一阵杂沓的脚步声和一个大嗓门姑娘发出的声音，两个女孩拖着旅行箱一前一后进了宿舍。“我说我们不是最早的吧，你还不相信。”其中一个短发女孩撩了一下汗津津的刘海，对身后扎着长长辫子的女孩说。短头发的女孩又高又瘦，说起话来嗓门又大又亮，活像个“假小子”。而身后那个长辫子女孩儿则略显拘谨，长长的睫毛忽闪忽闪的，配上一双水汪汪的大眼睛，活像安徒生童话故事中的人鱼公主。

紫荆和黄丹丹连忙帮着新伙伴归置行李，她们为了照顾室友都选择了上铺，没想到短发女孩却嚷嚷着非得要跟她俩换。紫荆同意跟她调换，她高兴地大叫一声，冲上来搂住紫荆的肩膀说：“哥儿们太够意思了，大恩不言谢，老白我请你们吃冰激凌！”原来她叫白羽，来自贵州贵阳。而一直静悄悄整理行李的“人鱼公主”叫冯海蓝，来自甘肃张掖一个小县城。小伙伴们终于聚齐了，天南地北地开始神侃，宿舍里一下子人声鼎沸。俗话说“三个女人一台戏”，现在四个女孩子凑在一起更是“戏中戏”啊。

得知紫荆是“北京土著”，三个人都露出羡慕的眼光，老白嚷嚷着今后要去她家里“蹭饭”，丹丹希望她当“向导”带她们去遍北京所有的景点，海蓝则希望有机会品尝品尝北京有名的小吃、逛逛琳琅满目的大商场。说起小吃，白羽的哈

喇子都快流出来了，嚷嚷着："别说了、别说了，我饿。啥时候开饭哪？我肚子都咕噜咕噜叫唤起来了！"看看表还不到饭点，从书包里摸出个苹果自顾自"咔咔咔"啃起来，边啃边说："就一个了，不让了哈！"

细心的海蓝突然说："你们发现没有，我们每个人的名字里都带有颜色？"

"对呀，黄丹丹占俩——黄和红，我是白色，紫荆是紫色，海蓝是蓝色，妈呀，咱这屋成调色板了！"白羽拍着脑袋恍然大悟道。

"哎呀，一定是我们四个人特别有缘分，才让我们这五颜六色凑到一块儿！"黄丹丹激动得小脸蛋更红了，活像个熟透的红苹果。

"说不定我们是失散已久的姐妹呢！"腼腆的海蓝也高兴得大眼睛忽闪忽闪地放着光。

"太好了，打小我就想有个姊妹，现在一下有了三个，幸福来得太突然了！"紫荆开心极了，想起小时候每天哄洋娃娃睡觉、扎小辫、讲故事，感觉能有个聊得来的姐妹真的不错呢。

说起了姐妹，老白就嚷嚷着排"座次"，本以为她自已能当老大，没想到海蓝竟然比她大一岁，她只能屈居第二，丹

丹排在第三，紫荆年龄最小。

“李白有首诗这样写道：‘安得五彩虹，驾天作长桥。仙人如爱我，举手来相招。’咱们宿舍就叫‘彩虹屋’怎么样?”紫荆突然想起李白《焦山望松寥山》里的两句诗，觉得特别贴切。

老白挠了挠脑袋，不懂：“大哥，这句诗是啥意思啊?”

紫荆笑了笑说：“就是李白，哦，不是你老白，站在焦山陡峭的石壁上，遥望松寥山，感觉那山是如此华美壮丽，好像直插入碧蓝的云霄。他就想，如果能把五彩虹化为凌空的长桥，直通向天堂就好了。哪个神仙要能帮助我实现心愿的话，就对我招招手吧，咱们一起在天空翱翔。”

“哇，太好了!”“好恰当的比喻!”“我们是彩虹姑娘!”“我们一起自由翱翔!”大家鼓掌庆祝“彩虹屋”的诞生。

“别光顾着‘翱翔’了，咱们还是先把肚子填饱吧!”老白三句话不离本行，果然是个不折不扣的吃货。不过被她这么一提醒，大家也觉得肚子咕噜咕噜叫起来，看看到了饭点，纷纷拿起饭盒冲进食堂，愉快的集体生活在一片欢声笑语中拉开了序幕。

紫荆四人打好饭菜，在食堂一个靠窗的位置坐下，又继续不同的话题边吃边聊。大家仿佛有说不完的话、问不完的

问题、讲不完的故事，现在紫荆也开始怀疑她们是“失散多年的姐妹”了。

老白往嘴里面扒拉了一口米饭，眼睛一亮又从海蓝饭盒里夹走一块肉，扬扬自得地抛进嘴里大嚼起来。黄丹丹下意识地把饭盒往自己面前挪了挪，老白偏不放过她，又抢走了半只鸡腿。黄丹丹又可气又可笑：“你可真不拿自己当外人啊，第一天就抢我鸡腿吃，你咋不抢紫荆的，偏抢我的？”

老白匆匆咽下鸡腿，甩了一下短发笑嘻嘻地说：“帮你减肥啊，你看看你脸那么圆，小心发福，还吃这么多！”

其实老白也不是贪吃，她就是觉得“抢着吃”特别好玩。紫荆要把自己的鸡腿给她吃，她反而不好意思起来：“老白大哥刚说好了请大家吃冰激凌，快报要啥口味的，俺这就去给几位妹妹买来！”老白心心念念就喜欢当“老大”，大家也由她去了。不一会儿老白一手举着四个火炬冰激凌，一手拎着两瓶冰镇可乐，气喘吁吁地跑回食堂：“各位小主——饭后甜点来喽！”她一定是《甄嬛传》看多了，一会儿自称“朕”，一会儿又自称“奴婢”，还“小主、小主”地叫着，整个儿角色关系混乱。

老白舔着冰激凌看看这个又看看那个：“哎，朕给你们起个爱称吧。紫荆，你叫‘阿紫’吧，这样叫着亲切。”

紫荆摇摇头："我不，'阿紫阿紫'的，怎么听着像《天龙八部》里面那个爱用毒的刁蛮小姑娘。"

老白又瞅着丹丹："咦，你看，你姓黄，叫丹丹，黄+红=橙色，你干脆叫'橙橙'吧？"老白一拍大腿，颇为自己的这个创意感到兴奋和得意，嘴里喃喃道："橙橙这名字真不错，好听，有创意！"

丹丹白了她一眼，嘴巴一撇："还'橙橙'，牙都快酸掉了，这会儿又成《上海滩》了，冯程程啊？"

大家被老白逗得乐了起来。黄丹丹看她一双贼眼不死心又瞄向冯海蓝，打趣她说："你不会要给她起名叫'蓝儿'吧？"

老白快速舔了一下嘴巴上粘了一圈的黑巧克力，忙不迭地点头道："对呀对呀！英雄所见略同嘛！"

海蓝不满意地开腔了："别叫我'蓝儿'啊，怎么听着都跟慈禧的小名'兰儿'似的！"

紫荆三人笑作一团，老白不满意了："朕给你们赏个爱称都挑三拣四的，不喜欢拉倒，我给自己起名叫'大白'了！"

三人鼓掌通过她给自己起的爱称："嗯嗯不错，听着都暖和！"老白得意地扭了扭脖子，又神采飞扬起来："哎，告诉你们，今天报到的时候我可是看见咱班有个'超级白富美'，那排场、那阵势、那仪仗、那銮驾……啧啧啧，真是晃瞎了

我的钛合金眼！”老白压低了声音神秘兮兮地向大家汇报她的新发现。

“快，给我们说说，咋个‘阵势’？”黄丹丹感兴趣地伸长了脖子。

老白见有人对她的话题感兴趣，高兴地咽了口吐沫，眉飞色舞地描述起来：“今天，我刚走到学校大门口就看见前面有辆加长林肯停在马路边，我正琢磨着会不会从里面走出来个比李敏镐还帅的长腿‘欧巴’，结果一个身穿笔挺黑西装、系着黑领带、戴着黑墨镜的保镖打开车门，走下来一位娇艳无比、气质非凡的绝代佳人……”

“她是咱们班同学，还带保镖上课呢？”海蓝吃惊地张大了嘴巴。

老白更来劲了：“啊，对呀！别插嘴，听我说……车上接着还下来一位特欧范、特华美的贵妇，她身后也跟着一个保镖，也是一身黑的打扮。那保镖怀里帮她抱着一只宠物狗，我认不出来啥品种哈，不过一看就是好狗。她下车对那个女孩儿说：‘嘉一啊，让Jason跟你进去吧，我赶时间去参加一个签约仪式，Abel半个小时后就会赶过来接你，你坐他的车直接去长安俱乐部，你爹地安排了个Business party，你也多去接触一下。’那女孩就嘟起嘴说：‘我不想去，我想以后自己开车上学。’她妈妈就说：‘你这纤纤玉手可是弹钢琴的，出门不带个司机不是让人笑话吗？’说完她拥抱了一下女儿，扭搭扭搭上车就走了。然后那个叫Jason的帅保镖就毕恭毕敬地拿着水，跟在那个叫嘉一的女孩身后一米远的位置，只要女孩微微一侧脑袋，那保镖立马就上前一步侧耳听命……我都看傻了，当时心里就在说：‘老天，不会是我们同学吧。’没想我们俩走着走着还真走到一块儿了，她叫赵嘉一。”老白一口气说完，拧开一瓶可乐，“咕咚咕咚”灌下去大半瓶，舒舒服服地打了个嗝。

黄丹丹挑了挑眉毛：“派头是不小啊，不是豪门就是巨富吧，跟人家一比，这自卑感怎么油然而生了呢，真是人比人气死人啊！我来北京，爸爸妈妈把我送到机场就OK了，说要让我自己锻炼锻炼，害得我下了飞机满身臭汗地拖着行李到处找出租车……你瞧瞧人家！”

“那我们家更没得比了，为了供我学音乐，全家都快砸锅卖铁了，来的时候还是跟亲戚借的学费和生活费呢。”海蓝垂下睫毛叹了口气，一看就是个实诚而又有些小自卑的女生。

一直沉默的紫荆拍了拍海蓝的肩膀：“我们现在都是花家长的钱，没必要跟别人比。大家不管家庭环境怎样，在一起都是同学，学校就是学习的地方，咱们做好自己就可以了。

海蓝你要是有什么困难的话就跟大家说，我们一定会帮你的。”

海蓝点点头，感激地看了紫荆一眼，不好意思地说：“谢谢你们，我现在还扛得过去，实在扛不住了再说吧。”

紫荆站起来说：“我带大家到校园里走走吧，再顺道给你们讲讲鲍家街43号的故事。”小伙伴们忙不迭地点头，一副要听的表情。

海蓝亲亲热热地挎起紫荆的胳膊。老白想搭着丹丹的肩膀，丹丹嫌弃地避开，老白耸耸肩摊开两手挤眉弄眼地做出夸张又搞笑的表情，讪讪地说道：“好尴尬啊！”大家不由得又被她逗得哈哈大笑起来。

17. 赤橙黄绿青蓝紫

今天早上的第一堂课是谢文瑞老师的作品分析课，学生们早早就来到教室，怀着忐忑的心情等待着老师的到来——你猜对了，谢文瑞老师是他们最害怕的老师——没有“之一”。在她的课堂上，随时都有提问和突击检查，她从来不给任何人留面子，要批评，分分钟就是一阵狂风暴雨，其严厉和认真程度令所有同学“闻风丧胆”，而且最可怕的是，她竟然是声乐歌剧系的系主任，说白了就是掌握他们生杀大权的人，谁犯了事、作了弊、不用功或者恋爱过火，都要由她“过堂提审批捕判刑”，学生们对她是既想亲近又怕得要死。

入学两月有余，同学们对每位老师的“风格”和“特

点”已经了然于胸，谁是比较宽松的，谁是不好糊弄的，谁是爱听好话的……老师讲究“因材施教”，而“狡猾”的学生也就会“看人下菜碟”，只要发现哪位老师管得不严，撒个谎就能糊弄，那么迟到、早退、翘课、懒散的现象就时有发生。

人多多少少还是有惰性的，跟自己较劲去勤学苦练、改造、升华毕竟是比较痛苦的事儿。花花绿绿的世界到处充满了新鲜感和诱惑，再加上觉得考上大学终于“万事大吉”，可以轻松一下了，一些因贪图舒服而偷奸耍滑的“小聪明”就会“应运而生”，“劣根性”必然会“原形毕露”。

这其实也是很多当代大学生的通病——考试作弊、课堂成了放牧场、宿舍成了垃圾场、校园成了恋爱场、网络玩儿通宵、没有理想和追求、眼高手低、攀比浮躁、玩物丧志、寄生依赖、不独立、不思考……但是自从遇见谢文瑞老师，他们发现自己的“小聪明”根本没有用武之地，坏习惯更是无处遁形。

“丁零……”伴随着上课的铃声，谢文瑞老师的脚步像钟摆一样有规律地准时踏进教室。执教几十年来，她在教学方面投入了巨大的精力，她以自己多年来深厚的舞台积淀为基础，深入研究国际前沿声乐教育理念，不断创新教育方式，开创了一系列科学而行之有效的声乐教育方法，培养出了一大批国际国内知名的优秀学生。谢老师从备受瞩目的舞台到默默无闻的讲台，从任劳任怨的年轻老师再到大爱无私的名师，她拥有过美丽似锦的年华，也谱写着岁月如歌的故事。她为学生舍弃了太多、付出了太多，这其间的心血非三言两语可以说尽。

“现在开始点名。”谢老师站在讲台上清了清嗓子，这是每次上课前的惯例。全班28名学生，8名女高音，6名女中音，8名男高音，6名男中音，她稍微拿眼角一扫就知道谁在什么位置，可是她依然郑重地打开花名册，像履行一项神圣的仪式：“安卉、白羽、才旦卓玛、陈飞虎、董文斌、黄丹丹……赵嘉一……赵嘉一怎么还没到？”她严厉的眼神扫视着全班学生，提高了声音。

“到！”教室门被轻轻推开，一个高挑漂亮的女孩子出现在大家面前：一头浓密的金色大波浪长鬈发随意地散在肩膀上，丝丝缕缕都散发着慵懒和华美的气息，浓密的睫毛，高挺的鼻梁，桃红色的性感双唇，一袭米黄色的迷你超短裙衬托出她一等一的绝佳身材，再配上一双及膝的高筒靴，那气场足有3米那么高，简直就是T台上款款走来的超级模特。教室里一片寂静，男生们的眼神“唰”的一下瞬间点亮……

“抱歉，老师，今天正好遇见长安街戒严，耽误了时

间……”赵嘉一乖巧地看着老师，小心翼翼地站在门口说。

“不要解释原因，赵嘉一，你这是第二次在我的课上迟到，如果这种现象再出现一次的话，你不用再出现在我的课堂上了。”谢老师口气严厉地对她说。

“你先回座位上课，”谢老师顿了顿，赵嘉一如释重负长出了一口气，正准备走到座位上，“放学到办公室交一份检查。”赵嘉一“嗯”了一声，低着头走到后排的座位上。

“另外，上课不要喷这么重的香水，有过敏的同学会打喷嚏的。”赵嘉一走进来时散发的浓重的香水味道让谢老师很不满意，皱着眉头提醒道。

“阿嚏！阿嚏！阿嚏！”刚好这时有个男同学真的连打了几个大大的喷嚏，几个同学忍不住嬉笑起来，抬头看到老师严肃的眼神立即收敛低下脑袋。赵嘉一懊恼地坐在座位上，心情糟糕到了极点：“真是的，不就晚了那么几分钟嘛？至于这么大张旗鼓地羞辱我嘛？真是个不近人情的老太婆！”

“今天我们要对普契尼的歌剧《蝴蝶夫人》中著名的咏叹调《晴朗的一天》进行作品分析。这是一首经典且具有挑战性的演唱作品，在演唱这首咏叹调的过程中，演唱者首先要正确把握歌曲的思想情感，并深入地挖掘歌曲的艺术特性，展现出歌曲的多样性和艺术的审美性。与此同时，演唱者还

要在忠于原作的基础上，再现歌曲的时代精神和艺术风格，把《晴朗的一天》中的主题内涵淋漓尽致地呈现出来，这样才能真正地与听众实现共鸣……”谢老师滔滔不绝地沉浸在作品的分析和诠释中。

“好，下面，请一位同学先演唱一下这首曲目，女高音……欧阳紫荆同学，你来示范。”谢老师环顾了一下教室，目光温柔地停留在欧阳紫荆身上。谢老师对这个清水芙蓉般的女孩有着天然的好感，在前几个月中央音乐学院的专业考试中，欧阳紫荆取得了普通高中全国艺术专业考试的第一名，文化课成绩也相当优异，取得了689分的高分，这个分数已经超过了清华大学文科的录取分数线10分，当时他们学校的老师还在咋舌："这孩子刷新了纪录，刷新了人们对艺考生文化课成绩不高的印象，看见没，这才是咱们的学生应该有的素质！"经过接触，她发现紫荆虽然年纪在全班同学中几乎是最小的，但是自律、上进、认真、负责、吃苦耐劳，于是毫不犹豫地提议她来担任班长。结果紫荆不负众望，老师和同学都给予她一致好评。欧阳紫荆缓缓站起身酝酿好感情，声情并茂地演唱起来：

Un bel dì, vedremo　美好的一天，你我将会相见

Levarsi un fil di fumo　一缕青烟

Sull´estremo confin del mare　自大海的边际升起

Poi la nave appare　之后船只出现在海面

Poi la nave è bianca　白色的船驶入港口

Entra nel porto, romba il suo saluto　以惊人的礼炮，向众人示意

Vedi? È venuto!　你看见了吗？他回来了！

教室里回响着酣畅淋漓的歌声，谢老师闭上眼睛完全陶醉在蝴蝶夫人快乐与哀愁的世界中，情不自禁地打起了节拍……演唱完毕，四周响起热烈的掌声。紫荆对歌曲的理解和诠释以及技巧的运用和掌握，已经臻于完美，这让她的同学们感受到了差距，不禁连连点头对她投以敬佩的目光。

“嗯，非常不错，就这首作品来说，欧阳紫荆同学的演绎已经达到专业水平，希望大家多向她学习，台上一分钟，台下十年功，艺术固然需要天分，但是没有勤奋那也是枉然……原文的演唱要求语言与旋律的契合统一，欧阳同学，我听你在语言和演唱方面都很标准和规范，再注意一些气息的处理就更完美了……”谢老师亲自做起了示范，欧阳紫荆目不转睛地看着、记着，充分汲取。

下课铃声响起，谢老师慢慢合上了教案，同学们也不由自主地松了一口气：“哎哟妈呀，幸亏没让自己示范，不然不知道会被骂成什么鬼样了。上次陈飞虎示范《我的太阳》被老师批评得体无完肤，一会儿是发音有问题，一会儿是气息有问题，一会儿又唱错词，吓得陈飞虎腿直哆嗦，被大家笑话了好几天……”同学们三三两两走出教室，讲台上的谢老师微笑着冲紫荆招招手：“你过来！”紫荆应了一声走到老师身边，老师附在她耳朵边说了几句什么，然后两人一前一后

走出教室去了系主任办公室。看见谢老师他们走出教室，几个同学围着赵嘉一示好起来：

“看见没，谢老师前一分钟还凶神恶煞，这会儿竟然像变了一个人，我都不认识了！”

“多大点事儿啊，就让写检查，你就晚了两分钟而已，再说点名的时候你都喊‘到’了，老师也太过分了！”

“就是就是！就她欧阳紫荆是老师的心肝宝贝儿，我们都像是后娘养的，整个作品分析课让她一个学生给我们做示范，我们听听唱片不就得了吗？真是瞎耽误工夫！”

“对呀对呀，还有说你喷香水，真是老土，自己不用香水还不让别人用，你这个味道多好闻啊……是香奈尔5号吧……”

赵嘉一微笑着听大家七嘴八舌，一股怒火早已经从两肋蹿了上来，但是她从小就接受“喜怒不形于色”的教育，岂会有什么失态的举止？她笑盈盈地用手抚弄着卷曲的头发，嗲声道：“算了算了，不要说了，人家今天本来心情好好的来上课，都怪我的司机偏要走长安街，倒霉催的，偏偏碰上外事活动戒严，被堵了二十分钟才放行，怪我运气不好咯！唉，还要写检查，谁帮我写呀？人家从小到大都没有写过‘检查’，愁死了！”

“我我我！”一个男生忙不迭地献媚。

“OK，够义气，放学我请你们几个吃牛排……”赵嘉一豪气地挥了下手。

“吃完牛排呢，还有啥节目？”几个同学怂恿着。

“嗯……看电影？没劲！对了，去蹦迪吧……都有谁去？放学我让司机换个大点的车来接我们去……”

四周一片欢呼声，几个人像簇拥女王一样陪赵嘉一去教室门口晒太阳了。

座位上的黄丹丹和老白对视了一眼：“唉，真是有钱能使鬼推磨啊！”

老白说：“听他们说紫荆的坏话，我真生气，自己不学无术还容不得别人比自己强，就会说风凉话！”

黄丹丹摊开双手，摇了摇头：“吃饭、喝酒、蹦迪、玩闹，可真够潇洒的，我也想去，可爸妈花这么多钱可不是让我来玩儿的。”

“唉！”身后的海蓝长长地叹了一口气，眼睛迷茫地望着窗外的天空。

“你叹什么气啊，我说蓝儿。”老白扭头看了看幽怨的海蓝，觉得她心事真是重。

“我在想我的出路在哪儿，一没钱，二没靠山，又不够优秀，在班里也就是个垫底儿的。”说着，她又长长地叹了一口

气。丹丹和老白面面相觑，不知道该怎样应对多愁善感的她。

因为是周末，结束了一天的课程之后，欧阳紫荆准备收拾一下就回家了，海蓝却央求她别走："晚上我想让你陪我到王府井边上的一个五星级酒店应聘钢琴师，每周去三至五个晚上，每次一个小时可以拿到三百块的报酬，如果一个月能去十次的话，我就能拿到三千块，这样我的生活问题就完全解决了……我从来没去过这么高级的酒店，好紧张，在北京又人生地不熟的，求求你陪我去好吗？"紫荆本来想劝告海蓝，不要因为挣钱而影响学习，可是看着海蓝楚楚可怜的样子，一阵同情跃上心头。海蓝的父母都是小县城里的普通市民，为了供养女儿已经负债累累，她还有个弟弟正在上高中，家里的经济负担实在太重了……紫荆点点头说："那好吧，我就是有点担心你的安全问题，你一个女孩家晚上下班回来都要10点钟左右了。另外，学校晚上经常有一些演出和活动你可能也要错过了，这是比较可惜的！"

"还是先解决吃饭问题吧……"海蓝垂下眼帘，喃喃道。

紫荆抓住她的手："你别有这么大压力，我陪你去！"

"嗯！"海蓝重重地点头。从内心来说，虽然紫荆比她还小两岁，但是她真的把这个妹妹当作姐姐来依靠。此时此刻她不知道，她的这个请求会在这天晚上将她们两个都置于生

死一线之间。

老白和丹丹一下课就忙着打羽毛球去了，紫荆赶紧给姥姥打电话报告晚上不能早点回家的情况，海蓝则忙着梳洗打扮。海蓝把长长的头发披散下来，又给自己化了一个淡妆，换上了一条朴素的长裙。镜中是一个风姿绰约的古典小美人，凹凸有致的身材，晶莹剔透的肌肤，什么叫作“青春靓丽、光彩照人”，看看她就一目了然了。她对着镜子左顾右盼，仔细审视着妆容，又给自己涂了个淡淡的唇彩，小脸显得越发生动起来，可她还是不大自信，不住地问紫荆：“这样行吗？这件衣服配吗？这个耳环合适吗？”紫荆调皮地说：“可以了，我的人鱼公主，你再不出现王子可要等着急了！”两人一阵风似的下了楼，坐上了去王府井的公共汽车。面试还是非常顺利的，酒店主管听完她的弹奏当即就表态：“No problem!”从酒店出来，海蓝兴奋地跳了起来。

“亲爱的，陪我去王府井步行街吧，我今年国庆节来过一次，就看见黑压压的脑袋，挤都挤不进去！”海蓝晃着紫荆的胳膊撒娇道。

“好呀，反正今天是周末，又给家里请了假，我也没啥事，陪你逛逛吧！”紫荆爽快地答应了，两个小伙伴手拉着手徜徉在王府井步行街的五彩霓虹灯影中。

“为什么这条街叫王府井呢？那个小吃一条街在哪儿呀？上次老白说里面有好多好吃好玩的，还有唱戏的、说相声的，你这个老北京快给我介绍介绍吧！”

“随着明代紫禁城的兴建，历代王公贵胄、达官贵人都选择与之毗邻的这块风水宝地来修建王府和宅邸，街旁西侧有一口远近闻名的优质甜水井，所以这里就被称作王府井或者王府井大街。做生意的都讲究风水，后来这儿也就成了北京最繁华的商业区。”紫荆侃侃而谈。

“紫荆，你懂的太多了，我听说那口井特别神奇，说里面锁着一条龙，一到阴雨天里面就‘轰隆轰隆’作响，是真的吗？”

“都是传说，北京有很多风景名胜，也有很多传奇的故事，你就慢慢地了解、细细地品味吧！”

海蓝微微一笑，“好，我们去看看那口井吧！”

“嗯，就在前面不远的地方，你看，那个方向！”

顺着紫荆的手指，她们往西北方向走去。突然，海蓝感觉一个冰冷的东西贴在她的脖子上。

“不许动，想活命的话，乖乖跟我走。”

一把匕首架在海蓝的脖子上，她还没来得及看清楚身后的人是谁，已经被一个粗壮有力的胳膊卡住脖子，动弹不得。

18. 惊魂四十分钟

2015年11月13日星期五，时钟指向21点08分，北京市公安局警务中心大楼三层的指挥中心灯火通明。值守岗位的民警和接警员的声音与此起彼伏的电话铃声、电台指令交相呼应，大战来临前的紧张气息让空气中弥漫着硝烟的味道，每个人都绷紧了神经。

巨型的电子屏幕前，欧阳忠高大挺拔的身躯散发着阳光般的刚强气息，那是一种由内在的坚毅果敢而外化为强劲有力的非凡气质。他棱角分明的英武面孔一向淡定而从容，给人一种安全的感觉，这种永不言败的男子汉气息，是他独特的魅力所在。岁月在他的眼角和眉梢不经意地刻下痕迹，更

凸显他的睿智与持重。此时此刻，他目光如炬，一边严密关注着案情，一边不断听取信息汇总，向警员下达着各种指令。

“刚刚在王府井黄金珠宝店发生了一起持枪抢劫案，注意，是持枪抢劫！请附近车组立即前往！”调度处民警对着电台喊出了布警指令。话音刚落，只见指挥大厅的电子大屏幕上三个亮点加快了闪烁的频率，开始向案发现场快速移动。

一分钟后，三辆全副武装的巡逻车到达现场。

两分钟后，王府井大街周边巡逻车赶赴现场，民警在嫌疑人逃亡路线的重要路口设立关卡。

三分钟后，现场民警通过电台再一次向指挥部报告嫌疑人的逃跑方位和衣帽特征，并向现场群众调查取证。

“前方警员注意，劫匪已经逃出黄金珠宝店，现在朝人群密集的王府井商业街移动，位置新东安商场。”

“劫匪身高一米七五左右，穿黑色冲锋衣和蓝色牛仔裤，头戴黑色绒线帽。劫匪很狡猾，逃窜速度很快，不要跟丢。”

“情况危急，现在劫匪劫持了一个女性人质，正逃往北出口，现场警员注意布控……”

指挥大厅的电子屏幕上切换进王府井商场门前的监控摄像，欧阳忠突然在嘈杂的人群中发现了一个熟悉的身影。“放大，放大，”他指挥着工作人员，“这不是紫荆吗？”欧阳忠犹

如被电光石火击中，顿时呆住了。“不可能，这不可能！”他一万个不愿意相信这件事会发生在心爱的女儿身上，可是眼睛却真真切切地告诉他，这是真的。刚才劫匪劫持的是女儿旁边的那个女孩，她本来有机会逃跑的，为什么反而扑上去抱住那个女孩呢？结果劫匪扔下那个女孩又把刀架在了她的脖子上，这个孩子到底在做什么？以前告诉她的应急知识怎么全忘了？

欧阳忠脸上细微的表情被身边的同事老李捕捉到，他定睛一看，大惊失色地叫道：“老欧，劫匪劫持了你女儿！”喧嚣的指挥大厅瞬间鸦雀无声，大家不敢相信地盯着欧阳忠，每个人都为处于险境的紫荆紧张、担心、害怕。“老欧，怎么办？快救孩子啊！采取行动吧？”欧阳忠深吸一口气，摆了摆手：“不要轻易采取行动，劫匪有枪，不要误伤现场老百姓，听我下一步的指令。”

这是一个很有经验的惯犯。几分钟前，他持枪和匕首迅速制服了黄金珠宝店的店员，胁迫他们乖乖奉上柜台里价格不菲的钻石和珠宝，他一一收入囊中。他本打算得手后就混进人群趁乱逃离，没想到这次出乎他的意料，警察竟然来得这么快，他前脚从店里逃出来，后脚就发现有大批警察正向他包抄围拢。他迅速采取挟持人质的方式为自己增加逃跑的

胜算。挟持成功后，他警惕地察看着四周的情况，匆忙拉着人质走出了步行街，接着在路边用手枪威胁一辆白色大众汽车的司机下了车。他把人质狠狠推进后排座位后也随即进入车内。在车上，他反绑人质后立即从后排跨到前排，仓皇驾车逃窜。

从黄金珠宝店的店员报警，到劫匪劫持人质，整个过程也就不到五分钟的时间，这段时间的紫荆和同伴在干什么？怎么会成为劫匪的目标？

11 月的北京已经有了丝丝凉意，晚上逛街的人并不多，两个女孩兴致勃勃地去小吃街品尝了有名的北京小吃，还在王府井百货门口用手机进行各种美美地互拍和自拍，完全陶醉在美丽的光影世界中，连身后人群的骚动和呼喊都毫无察觉。突然，她们身后出现了一个黑影，黑影一手紧紧勒住海蓝的脖子，一手拿着匕首威胁道："不许动，想活命的话，乖乖跟我走！"

紫荆第一反应是偶遇了哪个男同学恶作剧，从小到大在北京生活的她感觉首都的环境是最安全的，因为有成千上万名像她爸爸那样的钢铁卫士在保护着这座城市。记得小时候爸爸特意教给她一些安全防范知识，她那时还笑话爸爸杞人忧天，这些根本就用不上，没想到危险瞬间就发生了。

劫匪勒住海蓝的脖子，紫荆本来是可以迅速逃离到安全地带的，可是看见海蓝惊慌失措的表情，看到游客和行人惊叫着四散逃走，她的第一反应是要救海蓝。

“救命！救命！”明白自己身处险境，海蓝魂飞魄散，呼喊着、挣扎着不肯挪动一步。

“快走，别逼我宰了你！”凶残的劫匪匕首一划，一行血珠顺着海蓝洁白的脖颈滚落下来。

“放开她，我跟你走！”紫荆紧盯着歹徒的眼睛，面无惧色地说。劫匪此刻已经开始烦躁，海蓝再挣扎下去的后果很有可能就是遭受更大的伤害，千钧一发之际，紫荆上前一步向劫匪提出了对换的要求。

这一连串的变故都发生在几秒钟之内，围观者中有几个小伙子想上前施救，可是看到劫匪手中的枪和架在人质脖子上明晃晃的匕首，一时也不敢轻举妄动，眼巴巴看着劫匪把紫荆带走了。

“不要啊，紫荆！”海蓝大喊着制止她，眼泪大颗大颗地掉下来。

劫匪把海蓝狠狠推到地上，迅速把紫荆拉拽到自己的控制范围内。“让开！让开！”他向路上的行人挥舞着手枪。人群一阵慌乱，惊叫声此起彼伏，他趁机拉着紫荆迅速往步行

街的出口跑去。

倒在地上的海蓝望着紫荆被劫匪劫持而去，哭喊着想冲上去，可是此刻身体绵软竟然倒在地上爬不起来，她大喊着：“紫荆，回来！回来！”突然她觉得脖子上有凉凉的东西在蠕动，不禁用手抹了一把，没想到竟然摸到一手鲜红的血迹，视容貌为生命的她在心里大叫一声：“天呢，我破相了！”吓得一下子就晕了过去，现场民警迅速把她抬上救护车。

此时此刻，监控大厅内的欧阳忠眉头紧锁，深邃的眼睛凝视着前方的电子屏一眨不眨。这块巨大的指挥屏由六十四个小屏幕组成，小屏幕可以随时切换监控画面，看到劫匪劫持了女儿驾车驶出王府井大街。他旋即启用跟踪定位方式，迅速控制了附近的所有街道。

欧阳忠对突发事件有着良好的处置能力和丰富的经验，在以往的行动部署中，他屡屡取得丰硕战果，被公安系统多次嘉奖。为了最大程度地保护市民安全，他提议建立了立体反恐防恐体系六大措施，而且还率先提出成立反恐总队。他还提出建立“一分钟处置”机制——在重点繁华区域部署武装警力进行定点看护，确保突发事件能够在一分钟之内处置，“距离精确到米、时间精确到秒”。他还多次以教官身份对“一分钟处置”岗位的民警进行全封闭轮训。他高标准严要求，规定防暴枪训练要九十秒内五发子弹全部命中才可合格过关。近年来，全市范围内的公安干警正是经过一轮又一轮常态化、普及化的训练，警员才能够做到在最大限度、最短时间对突发的恐怖、敏感案件采取得当的应急处置措施，整体战斗力大大增强。

再说紫荆被劫匪劫持到车上之后，她一边让自己保持绝对的冷静，一边在脑子里飞快地思考着对策，此时此刻她只能靠自己了。

“大叔，我不会反抗的，请你不要伤害我。”紫荆首先想跟歹徒沟通，充当“谈判”的角色“劝降”。

“少废话，敢不老实老子一枪崩了你！”歹徒气势汹汹地回头瞪了她一眼。

“大叔，你是不是遇到了难处？如果需要钱的话，我书包里还有，银行卡里也有一些，如果不够的话我还可以让家人帮助你。”紫荆不放弃，试探着跟劫匪交流。

“哼，废话！”劫匪不再说话，只是狠狠地踩着油门左冲右撞，坐在后座的紫荆被颠得东倒西歪。她用膝盖狠狠顶着前面的座位，尽量保持着身体的直立状态，这样有利于她观察路上的状况。

“北京的摄像头是最密集的，可以说是全天候无死角，我

觉得你这样根本逃不出去，后面有警车跟着呢，还不如放弃吧，你还有机会重新开始。”紫荆打起了心理战，表面上好像替劫匪考虑，实际上是提醒他挣扎是徒劳的。

“死丫头片子，再妨碍老子开车就宰了你，刚才忘了把你的嘴给封住！”劫匪依旧凶巴巴的。

“大叔，你有孩子吗？他们一定不希望你出事吧，无论你做了什么，如果他们失去你一定会很难过的，他们一定在家里等着你回去呢！”紫荆希望从亲情方面唤醒他心里最柔软的地方。

“闭嘴、闭嘴、闭嘴，信不信老子现在就结果了你！”劫匪突然狂躁起来。

紫荆不再说话了。过了一个红绿灯，劫匪突然开腔了：“刚才逞什么英雄，为什么不跑？你就不害怕死吗？”这或许是劫匪一开始就比较纳闷的问题，没见过还有替别人挡枪子的。

“我觉得你不是个坏人，肯定是一时冲动才做了不该做的事。另外，我从小就有心脏病，说不定哪天就走了，与其天天提心吊胆地等死，还不如替我的好朋友做点事！”紫荆伤心地说。

“哼，还是个病秧子！可笑！替别人死？这年头还有刘胡兰？哈哈哈……你怎么知道我不是坏人？嗯？少糊弄我，老子逃不出去，就拿你当垫背的！好人是吗？老子让你当个好人，老子成全你……天堂有路你不走，今天你就认倒霉吧！”劫匪语无伦次，冷漠的面孔一阵阵肌肉抽搐，发出阴森可怕的狞笑。

谈判没有效果，眼看着车子顺着阜石路一路奔西，紫荆心急如焚：“爸爸，你怎么还不来救我？我该怎么办呢？”

“哎哟……哎哟……”紫荆突然眉头紧皱，痛苦地叫出声来。劫匪回头看了她一眼，不耐烦地骂道：“干什么？不想活了？”

“大叔……求求你，我口袋里有……有一瓶药，我心脏病发作了，快……快……求你救救我……我坚持不下去了！”紫荆虚弱地对劫匪说，脸上现出了痛苦的表情。

劫匪冷哼一声，并不答话。他从后视镜中看着紫荆越来越虚弱，终于倒在座位上一动不动了，不禁朝车窗外啐了一口痰：“妈的，警察不好对付，今儿夜里要栽了！老子蹚不出去，你也别想活！”

此时，倒在座位上的紫荆在颠簸中开始尝试挣脱捆绑手腕的绳子。歹徒将紫荆的双臂反剪于身后，使其手背相对，两腕贴紧，用一根结实的捆绑绳在她的双腕部位紧缠数道拉

紧后打了一个死结。怎么挣脱呢？她急中生智，突然想起小时候爸爸曾经陪她玩“结绳子”的游戏，教她给绳子打活扣、活套、难结、死结等等，因为练习过好多次，她还记得打结的方法。刚才歹徒对她实施捆绑的时候，她有意用力使双腕之间留有活动的空隙，所以倒是可以尝试一下自己把绳子解开。

屏住呼吸，紫荆开始充分利用手腕的柔韧性，努力翻转手掌一点一点摸索寻找着绳子的结扣。从来没想到弹钢琴的手所训练出来的柔韧性和力量在关键时候有了大用处，她尽力让一只手腕最大限度地折叠和弯曲，终于找到了抽丝剥茧的方法，解开了捆绑双手的绳子，然后继续装昏倒，斜靠在右边的座位上。这是个有利的位置，她可以躲在座椅后方暗中观察劫匪的一举一动，可是劫匪却看不到她的状况，以为她真的昏倒了。

此时此刻，欧阳忠已经布置好了天罗地网，就等着愚蠢的劫匪往里钻。道路前方刑警已经设置了路卡，拦截下了朝西行驶的所有车辆，这辆疯狂逃窜的白色大众车被左右的车流裹挟，一时间进退无路只好停了下来。劫匪抱着侥幸心理希望能够糊弄过关，实在不行就孤注一掷，强行杀开一条血路，不惜任何代价。紫荆警觉地睁大了双眼，等待着机会的

到来。

“查酒驾，把驾驶证拿出来，对着仪器仪表吹口气！”警察拍打着一侧的玻璃，让劫匪打开车窗。狡猾的劫匪预感到情况不妙，一边满面堆笑地打开车窗，一边用右手猛然从座位下面取出手枪对准了执勤的警察。说时迟那时快，紫荆突然起身以迅雷不及掩耳之势用歹徒捆绑她的绳子套住了劫匪的脖子，并使尽全力往后拉拽。那劫匪猝不及防，被勒得直翻白眼，手枪一偏并没有打中警察，而他也失去了最后的负隅顽抗的机会，四面八方的刑警火速冲了上来，一举把他擒获。这个狡猾凶残的歹徒做梦也没有想到，他竟然栽在这个看似柔弱的小姑娘手中。

惊魂一刻就这样化险为夷，紫荆凭借自己的勇气和智慧以及与警察叔叔的默契配合共同制服了歹徒。从被劫持到成功脱险，虽然只是短短四十分钟，可是对于紫荆和她爸爸来说，每一分钟都犹如炼狱般煎熬。当欧阳忠和他的同事们从监控屏幕上最终看到前方警员回传的紫荆脱险画面时，监控大厅内响起了热烈的掌声和欢呼声。

“老欧，你女儿真了不起，危急时刻为救他人挺身而出、毫不畏惧，堪比巾帼英雄花木兰啊！”

“对呀，这孩子太机灵了，不仅有勇而且有谋，绝对可以

当我们的接班人了！”

“将门虎子，后生可畏！老欧啊，你真是教女有方，巾帼不让须眉，我今天算是见识了！”

“现在的孩子都是温室里的花朵，别说救人了，就是自救都做不到，像她这样的还真是少见，令人震惊啊！”

欧阳忠红着眼睛冲大家一一点头，说不出一句话来，此时此刻他只想飞奔到女儿身边。

“爸爸！我没事了！”欧阳忠的电话响起，是女儿打来的。

“好孩子，你今天太勇敢了，爸爸为你骄傲……但你也把爸爸吓得不轻啊……”电话这头欧阳忠眼眶一热，哽咽得说不出话来。

“爸爸，我刚才也好害怕，我还在想，万一我要是再也看不见你了……可是，当我冲上去救下海蓝的时候，我真的没想那么多，我就是害怕她被伤害……”紫荆鼻子一酸，眼泪也流了出来。

“你身上流的是英雄的血，你能挺身而出是你骨子里的正义和勇敢，是血液里的基因，是最重要的品质，你今天做了自己该做的事情！”欧阳忠对女儿不吝赞美之词。

“爸爸，你夸得我都不好意思了！打小我印象最深的镜头就是爸爸手握钢枪守卫在五星红旗下，那一刻是那么庄严、那么神圣，让我每次想起来都热血沸腾，充满了信仰的力量和攻无不克的信心。我老爸保家卫国那么威武豪迈、气贯长虹，我也不能当个胆小鬼、怕死鬼吧!”紫荆破涕为笑。

“你呀，是个调皮鬼!”欧阳忠匆匆挂断电话，他要亲自把女儿——他的小英雄接回家。

寒风料峭，夜凉如水，飞奔在月色下的欧阳忠这才感觉到自己的后背已经全然湿透了。谁言英雄铁骨铮铮无所畏惧？他也是常人，他的父爱有着山一般的巍峨，也有着水一般的柔情。

欧阳忠今晚既有紧张和害怕，也有欣慰和惊喜：他看到女儿面对危险时的无所畏惧、沉着冷静、大义凛然和英雄情怀，他更认识到善良、无私、奉献、坚强这些优秀的品质已经内化到女儿的一言一行当中，他还发现，哪怕身处最糟糕的境地，女儿都没有放弃希望和努力。正是这种无所畏惧、不放弃的精神让她化险为夷，不仅救了自己，还救了自己的同学和执勤的民警。具备了这样的人格素质，无论她在哪一行，做什么，有没有取得令人瞩目的成就，已经不那么重要了，因为首先她已经是一个大写的“人”。

紫荆勇救同学、与歹徒英勇搏斗的事迹很快在校园里传开了，校方对她进行了通报表扬和嘉奖，各大报纸、网络媒

体都对她的英勇事迹进行了系列报道——“见义勇为最美女孩”“时代的风帆”“当代大学生的骄傲”“危难见真情——最美女孩勇救同学力克劫匪”“新时代大学生的责任与担当”等报道把她誉为新时代大学生的楷模，并围绕她的事迹展开讨论，再次掀起重塑当代年轻人责任与担当的社会话题。紫荆“火”了，学校门口天天一大堆扛着照相机、摄像机的媒体记者希望能面对面对她进行专访，可是此刻的紫荆早已经从这件事情里解放出来，安安静静地坐在琴房里练琴去了。

让她高兴的是，她的好朋友海蓝经过这件事情之后，慢慢学会了打开心扉，不再那么多愁善感和消极悲观了。她没有去那家五星级酒店当钢琴师，紫荆的姥姥介绍她给小区的孩子教钢琴课和文化课，这样，周末她就可以和紫荆一块儿回去，除了可以获得一些相应的报酬，还能品尝到姥姥烹制的绝顶美味呢。海蓝脖子上的那一道伤疤一个月后也慢慢长好了，丝毫没有瘢痕，依旧光洁如初。她不再惧怕风雨和未来，她要像她的小伙伴那样，多多播种阳光，播种爱。她发现，原来给予也是一种幸福。

老白同学则相当后悔那天晚上没有跟她们一起去王府井擒贼。她说：“如果有我白大侠在场，别说区区一个小蟊贼，就是来一个加强营，凭我老白至刚至强的少林寺七十二绝技

之‘狮吼功’也能让敌人胆战心惊、肝胆俱裂!”

“嗷嗷嗷……”她扎起马步，一本正经地作势发起功来。黄丹丹见状笑得前仰后合花枝乱颤。

“笑笑笑，我说大橙子你笑什么笑?”老白收了招式，很有范儿地甩了甩蓬松的头发，瞪了一眼莫名其妙的黄丹丹。

“呵呵呵，我笑你——不像发功，像……像……像发病!”说完，黄丹丹笑得更厉害了，上气不接下气。

大家哄一下全笑了起来。老白脖子一红，满世界追打着黄丹丹：“你给我站住！站住!”

19. 久违的拥抱

青春的校园姹紫嫣红，郁郁葱葱。晨昏相伴的真诚友谊、赛场飞扬的欢呼呐喊、努力奋进的青春步伐……时间过得真快，转眼已经是大二的第二个学期了。经过一年多的洗礼，同学们早已退去刚入校时的青涩，每天按部就班的校园生活让他们越来越像个真正的大学生。虽然青春的烦恼和困惑偶尔也让他们感叹理想和现实有差距，但他们相信，有耕耘才会有收获，秋天的硕果累累必定要经过汗水的灌溉。

一天，老师宣布了一个好消息，近期将有一场声乐比赛。这个声乐比赛虽然不是什么重要的国际赛事，但是对于同学们来说却是一个很好的机会。原来，音乐剧《情满香江》的剧组要挑选演员，特意向学校发出赛事邀请，请校方推荐优秀人才参赛。本着推新人、出新作的初衷，为了公平起见，主办方届时将举行一场高规格的声乐比赛，现场打分，得分最高的就可以成为该剧男女主角的候选人。

“哇，原来是音乐剧选角呀，太棒了！”大家兴奋起来，摩拳擦掌，跃跃欲试。

“安静一下，听我说完。”老师敲着桌子示意大家安静下来。

“这是为庆祝香港回归二十周年创作的大型原创音乐剧，国内一流的作词、作曲和制作，水准还是非常高的，老师非常希望你们能把握住这次机会。比赛时间是12月底，还有整整一个月的准备时间，可以说是非常紧张了，比赛内容包括舞蹈、小品、诗朗诵和演唱……”宣布完消息后，老师还特意强调，这次比的是综合素质，是对大家一次很好的检验，希望大家踊跃报名。下课了，同学们围着老师叽叽喳喳问长问短，就像在平静的水面上投入了一块大石头，掀起了一阵不小的波澜。

“老白，咋样?”黄丹丹拿胳膊捣了一下同桌老白。

“开玩笑，瞅我这颜值像‘女一’吗？在这个看脸的社会，我偏偏不幸长了一张辨识度不高的普通脸，你知道我有

多吃亏吗？还有我这174的个头，投篮虽嫌矮，站在台上可是显得比男生还高，哪有人给我配戏啊！”老白不住地摇脑袋。

“海蓝，你报吗?”黄丹丹又拍拍坐在前面的海蓝的后背。

“我也不行，我觉得自己现在还拿不出像样的声乐作品参加比赛呀！”海蓝信心不足。

“你是准备参加比赛咯?”海蓝回过头反问。

“呃，我舞蹈不行，表演水平也够呛，算了！”黄丹丹像泄了气的皮球似的。她感叹，现在才明白“机会是留给有准备的人”这句话的含义，觉得自己差得太远了。

“紫荆！”三个人异口同声地叫道。紫荆正在埋头整理笔记，一一做好标注后，她把笔记本轻轻合上抬起头来。

“那我参加吧，就当是锻炼一下自己。”紫荆声音不大但是语气坚定。

“我们看好你！”“对，紫荆应该参加比赛！”周围其他几位同学也希望紫荆报名。紫荆谦虚地表示，就把这次比赛当作一场实战演习，练练胆儿吧。

教室的另一角，赵嘉一的身边也围拢了不少同学，他们觉得女神赵嘉一才是这个角色的有力竞争者。赵嘉一这一年来在老师的严格要求下比刚到学校的时候努力多了，人又聪明又漂亮，尤其是表演和舞蹈方面都非常优秀，如果论综合素质的话还是很有竞争力的。

在接下来的时间，紫荆开始了备战比赛的紧张过程。说实话，她对于名次或者出不出名一向没有太多想法，但是这次她希望自己能赢——2017年7月1日是香港回归二十周年，她想送给曾经在驻港部队服役六年的爸爸一份特别的礼物；同时，这一天是她的生日，学了那么多年声乐，她也想送给自己一份生日礼物；最重要的是，她想让妈妈看到，女儿选择的道路没有错，她欧阳紫荆一定会凭借自己的天赋和勤奋为自己赢得荣誉。

去年，她刚进入学院就参加过一次全国校园声乐大赛，跟众多磨砺多年的学长同台竞技，小试牛刀便取得了第二名的好成绩。当她把比赛证书拿给妈妈看时，她本以为会得到表扬，可是从妈妈嘴里吐出来的只有冷冰冰的几个字："还差得远呢。"说实话，这几个字一直令她胸闷气短，自己怎么做才能让妈妈满意？何时才能得到她最亲爱的人的认可呢？

整个12月紫荆忙得不亦乐乎，确定比赛曲目、排练舞蹈和小品……她已经两个星期没有回家了，爸爸为她送去了一些生活用品和她最心爱的演出服，鼓励她好好参加比赛，发挥出自己应有的水平。"嗯。"她重重地点头，这一次她要尽

力一搏。

从初赛、复赛一路走来，紫荆的综合分数稳稳地排在第一名，欧阳紫荆这个名字迅速升温，引起了众多竞争对手和大赛组织方的高度关注，大家似乎已经看到一颗耀眼的明星正冉冉升起。自开赛伊始，主办方就大造声势，达到了“引爆眼球”的宣传效果，可想而知，比赛也相当残酷和激烈，尤其到了最后阶段更是达到了白热化的程度。经过层层筛选，以紫荆为首的十名选手进入决赛，她的同班同学赵嘉一也在其中。可以看出，赵嘉一也是做足了准备，下了必胜的决心，一路都拼得很凶，但是分数跟紫荆相比还小有差距，复赛的时候排在第六名，这也相当不容易了。

12月的最后一天，选手们迎来了最关键的决赛，很多老师和同学都去现场观战，谢文瑞老师更是早早就坐到了观众席上。这几场比赛她场场不落，紫荆和赵嘉一的表现都令她非常满意，这两名学生各具特色：紫荆发挥稳定，基本功扎实，充满了灵气和表现力，可以用完美两个字来形容；赵嘉一则宛若一匹黑马横空出世，一路走来成绩节节攀升。很多人都在猜测最终“鹿死谁手”，有的认为欧阳紫荆无论从外在到内涵已经到了无可挑剔的地步，夺得桂冠犹如探囊取物；也有人认为，不到最后一刻，任何结论都为时尚早。

果然，在比赛的最后阶段出现了戏剧性的一幕。紫荆本来稳居第一，赵嘉一在复赛的时候还排在第六，可是决赛时刻出现“反转”：先是第一轮比赛中紫荆以复赛第一名的身份进入却跌至第三，跟赵嘉一分数相同，接着在争夺第三名的过程中，演唱水平明显不及紫荆的赵嘉一竟然反超她好几分。在比赛中，零点几分都会差好几个名次，更何况是几分的差距。欧阳紫荆最终惨败。

台下有观众不满意比赛结果，发出阵阵嘘声，还有一位观众气愤地站起来高喊：“黑哨！”但是，他们的声音很快就被阵阵掌声和欢呼声淹没了。舞台上的紫荆也感到决赛的整个过程都出乎她的意料，本来她对自己今天的表现非常满意，明明已经胜券在握，为什么情况竟然急转直下呢？刚才有观众高喊“黑哨”，难道这其中真有不为人知的隐情？她一向不喜欢把事情往坏处想，但是现实却给了她一个大耳光，让她感到委屈和愤怒，她愕然了。

她从舞台上走下来，脑子一片空白：今天这是怎么了？她真的想不明白。耳边突然响起妈妈曾经说过的话：“你就是在走弯路，你凭什么认为唱得好就能成功？这个舞台太小了、太拥挤了，这是一座独木桥！”她生平第一次对自己的选择产生了怀疑，“难道我真的错了吗？”世界并不如自己想象

的那般纯净美好，成功也并不是付出努力和汗水就能获得……她哭了，孤独地徘徊在深夜的街头，幸好爸爸及时赶到把她接回家。此时此刻，她只想忘记一切，好好睡一觉——她太累了。

睡梦中，她又一次梦见了维多利亚港，梦见了迎风飘扬的五星红旗，还有那些盛开在阳光下的紫荆花——粉白、淡紫、深红色的紫荆花。突然，她听到有谁在呼唤着自己的名字："紫荆！紫荆！"她四处寻找，蓦然在花丛中看见了一个熟悉而又亲切的身影，那人正张开双臂甜甜地叫着："宝贝儿，到我这里来！"紫荆开心地奔跑过去："妈妈！"

"妈妈……"紫荆在睡梦中喃喃呼唤。冬日的阳光透过窗棂把温暖洒在房间的每个角落，就像母亲的手轻轻抚摸着她的脸庞。她慢慢睁开眼睛，一个亦真亦幻的身影站在窗前，此刻正缓缓拉开窗帘。金色的阳光洒在她光洁的额头上，使她全身上下都披上了一层耀眼的光辉，她金色的肌肤混合着阳光的气息，散发着甜甜的、暖暖的、迷人的味道，啊，这是她熟悉的妈妈的味道。

"你可醒了，都中午12点了！"妈妈转过身，如轻云般柔软、像花一样温馨的目光停留在女儿的脸上。

"妈妈……你回来了！"紫荆突然有一种想哭的感觉，她

已经记不清楚妈妈上一次这么温柔而慈爱地注视着自己是什么时候了。

“本来想昨天飞回来看你的比赛，可是机场因为雾霾，我们的飞机不能正常起飞，我又去坐高铁，凌晨才到北京，回到家里都很晚了。”林曦抱歉地对女儿笑着说，“没能去给你加油，真对不起！”

“妈，幸亏你没去，去了会很失望的！”紫荆低头咬嘴唇，心想这一幕最好永远都别让妈妈看到。

妈妈提起昨晚的比赛，紫荆的心里又开始犯别扭，不过妈妈竟然说昨天要赶回来看她的比赛，这让她颇有些意外。自从她考上中央音乐学院，妈妈从来没有说过一句赞许的话，这一直是她心头隐隐的痛。她多想让妈妈知道，全世界的鲜花和掌声都不如妈妈的一个微笑。有几次她想跟妈妈聊聊天，可是看着妈妈忙忙碌碌的身影，欲言又止。“或许她永远都不会认可我的选择吧，在她的眼里我永远都是个无法让她满意的人。”紫荆觉得越是长大，妈妈在自己的世界里越是生疏。她对妈妈充满了爱和敬意，却再也不能像小时候那样无拘无束地亲昵、撒娇。

“我听你爸爸说了比赛的事情，这没有什么，你不要放在心上。”林曦坐在女儿床边，嘴角露出好看的微笑，岁月并没

有在她脸上留下多少痕迹，反而雕刻得她如幽兰般典雅。

“妈，你都知道了？这场比赛，唉！”紫荆轻轻叹了一口气。

“紫荆，很久以来，我其实都想跟你好好聊聊，我想告诉你的是，妈妈一直都是以你为荣的。”林曦轻轻舒了一口气，终于说出了自己想说的话。紫荆则惊讶地瞪圆了眼睛，仿佛这句话不是从妈妈嘴里说出来的，而是从遥远的天边飘过来的。

妈妈缓缓地接着说：“你长大了，越来越独立和成熟，但是在我的内心还是把你当作以前那个小紫荆，怕你走弯路，怕你受伤害，怕你像我一样伤心失望、后悔莫及，可是我错了——把自己的意愿强加给你，才是对你最大的伤害啊！以前，经历了很多不开心的事情，我哭过、怨过、恨过，后来就彻底死心、彻底放弃了，我自以为那个时候就已经把世态和人心都看透了。但是，直到现在我才知道，我是一叶障目、自欺欺人，我压根就没有彻底从过去解脱出来……这些天我想了很多，我不该以爱的名义去为你担忧，为你谋划，甚至替你做选择。”

“我不是个称职的妈妈，我太自私了，父母和孩子明明是最亲近的人，我却不允许你在我面前做最真实的自己，做你最想做的事情。我把自己的价值观强加给你，以为按照自己的经验和判断已经帮你规避了风险，躲避了厮杀，但是我忘记了一点，你永远成为不了我想让你成为的那个人，你就是你——这才是最重要的啊！”林曦说着在她心中萦绕了很久的话语，想起这些年来对紫荆的阻止和苛责，她由衷地感到后悔和对不起孩子。

“妈！”

紫荆张开双臂紧紧抱住妈妈，她真的好感动好感动，终于听到期

待已久的话语，她真的没有遗憾了。多年来内心积聚的难过和委屈化作决堤的泪水喷涌而出，母女二人长久以来的心结也在这泪水的冲刷中完全解开了。林曦也紧紧拥抱着女儿，仿佛自己的一件珍宝失而复得，不禁红了眼睛喜极而泣。

“你能原谅妈妈吗？你住校之后总是来去匆匆的，也没有找到合适的机会跟你说说话，就连昨天的比赛也因为种种原因没赶上，妈妈知道你心里一直憋着一股子劲儿，想证明给我看，可是妈妈早就知道——我的女儿是最棒的、最优秀的啊!”林曦抚摸着女儿的肩膀，动情地说道。

女儿的头磨蹭着她的脸颊，让她又一次感受到女儿身上散发出的那种让她变得柔软和甜蜜的气息。从哇哇啼哭的小婴儿到端庄秀丽的少女，紫荆在她心中永远是天使、是牵挂、是幸福，一个“妈”字足以让她觉得自己拥有了全世界。而林曦此刻的拥抱和爱，也如涓涓细流般抚慰着紫荆的心灵，激励着她梳理好羽毛再次冲向天空，振翅高飞。

“妈，你说的或许是对的，艺术之路并不平坦，它充满了崎岖和坎坷，无论你再刻苦、再优秀，可有的时候仍然会被命运左右和嘲弄，我以前的确太幼稚、太理想主义了。”刚刚经历了一场不小的打击，紫荆难免对前路有了犹豫和怀疑的想法。

“紫荆，不要这么说，这恰恰是我以前曾经有过的误区——以一时成败论英雄。”林曦敞开心扉，要跟女儿讲讲埋藏在她心中二十年的故事：

“当年我在歌舞团遭受了排挤和不公正的待遇，这本来是稀松平常的事情，即所谓“木秀于林风必摧之，行高于人众必非之”，可是当年我却因为这件事情开始怀疑整个人生，舍弃了自己的梦想，从而成为一个懦弱的逃避者……你知道吗，无论在这之后我取得了多么大的成就，想起当年所受到的伤害，想起当年舞台下面阵阵嘲讽的口哨声，想起那些丑恶卑劣的嘴脸，我总是耿耿于怀，不能释然。这段经历成为我心里的一个禁区，我不允许自己和别人再去触碰。

“我离开了心爱的舞台，锁上钢琴，不再歌唱。我发疯似的考研、考博、发表论文、写书，希望用另一种成功说服自己当初的选择是可笑的、错误的、不值得一提的。爱得越深，伤得越深，我麻痹在执拗的思想中不能自拔。那一天，当我在一万米的高空看到一缕浮云从舷窗边悠然飘过，我突然哭了，此时此刻我才幡然醒悟：我因为别人的目光和语言去扼杀自己的爱和梦想，用别人的错误惩罚和折磨了自己20年，甚至还不惜剪断自己女儿梦想的翅膀，是多么愚蠢和狭隘。这些年来我拼命逃避、痛恨的东西，竟然是我最深爱、

最难割舍、最看重的东西——这难道不是巨大的讽刺吗？

“今天你只是在比赛中失利，这件事在你整个的生命中该是多么渺小的一件事啊。我希望我这番迟来的感悟能给你一些借鉴。孩子，不是你选择的道路出现了错误，不是这个世界出现了偏差，而是在成长的路上既有鲜花和掌声，也有数不尽的坎坷和波折。如果因为被脚下的一颗石子绊倒，你就失去了信心，停止了前进的脚步，那么你拿什么来证明你对你所钟爱的事情的那份执着与爱呢？所以此时此刻，你保持一种什么样的心态，将直接决定你的人生轨迹。

“紫荆，没有取得名次并不可怕，可怕的是宝贵的心灵沾染了风尘，心泉干涸了，失去了生机，丧失了斗志。你一直都有着良好的心理素质和健康心态，这些年来，你受了那么多的阻拦、吃了那么多的苦都没有气馁和投降，今天怎么刚刚遇到一点挫折就悲观失望了呢？如果你真的热爱一样东西，你就要为它经历长久的忍耐与奋争。真正的强者赢得的不仅仅是赛场的掌声，还要赢得别人饱含敬意的目光——这就是我对你最大的希望。”

“妈妈，谢谢你，我懂了！”紫荆再一次扑进妈妈的怀里……

躲在门外偷听的姥姥蹑手蹑脚地回到客厅，兴奋地朝着欧阳忠比画了一个大大的“V”字，走过去附在欧阳忠耳边悄悄说：“和解了！和解了！太好了！”

欧阳忠也高兴地双手比画着点赞的手势。心病还得心药医，解铃还须系铃人。林曦的心结只能靠她自己去化解，正如一位高僧所言：“时人不识古镜，尽道本来清净。只看清净是假，照得形容不正。或圆或短或长，若有纤毫俱病。劝君不如打破，镜去瑕消可莹。”

“你们俩鬼鬼祟祟地说什么悄悄话呢？”两人正在不住感叹，没留神林曦已经走了出来，看见两人喜形于色的表情忍俊不禁。

“啊，没，我在夸咱妈今天包的饺子特别香，特别好吃！”

“紫荆，快来给咱们最最最亲爱的林教授接风洗尘喽！”欧阳忠呼唤着心爱的女儿。

欧阳忠开心地把一盘盘热腾腾的饺子摆到餐桌上，又往每个人的醋碟里添上香醋。桌上的高脚杯里已经斟满了香浓的红葡萄酒，几碟精致的小凉菜也都是全家的最爱。

“我刚才就闻见香味儿了，饿坏了！姥姥包的饺子皮薄、馅儿多、味儿美，我都想了好多天了！”

“哇，真是要给妈妈接风呢，酒都满上了！”紫荆来到餐桌前，看见一桌子好吃的不禁馋涎欲滴。

“就想饺子不想姥姥!”姥姥假装生气地嗔怪道。

“想想想!”紫荆搂着姥姥重重地亲了一口，姥姥露出孩子般开心的笑容。

“今天是2017年的第一天，为新的一年、新的梦想、新的希望——干杯!”

“干杯!”斟满祝福的酒杯高高举起，快乐和幸福写在每个人的脸上。

20. 风波乍起

元旦假期匆匆过去，惬意的休闲虽然舒适美好，可日子依旧要回到繁忙的节奏和状态中惯性地滚动着。

每一天依旧平淡无奇，大家该做事的做事，该上班的上班，该上课的上课。身处钢筋水泥的丛林，拥挤的地铁、流动的车河、奔忙的脚步奏响着城市的交响乐曲。太阳升起又落下，月儿圆了又缺，一天天、一年年从掌心中滑落、逝去，让人慨叹着韶光易逝，岁月无情。其实，在开开合合中保持着内心的安宁与创造力才是一种非凡的能力，看花开花落、听晨钟暮鼓、倾听心灵的声音才是生命的真谛。

从复兴门地铁站出来，向南步行五分钟就是中央音乐学

院。假期结束，紫荆一大早就乘坐地铁来到学校，远远地看见校门口一群人围拢在一起叽叽喳喳不知在说什么。

“欧阳紫荆，她就是欧阳紫荆！”突然一个人高声喊道。哗啦一下，一群扛着长枪短炮的记者把她围在中间。

“欧阳紫荆，有人爆料，这场比赛因为被人操控导致你意外出局，你怎么看？你能谈谈当时比赛的具体情况吗？接下来你会为自己争取和捍卫权益吗？”一个戴眼镜的男记者抛出一连串的问题。

“听说这个幕后操控者就是你的同班同学赵嘉一的父亲，你对整件事情了解多少？能给我透露些内情吗？”一个举着麦克风的女记者分开人群挤到了最中间的有利位置。

“现在网络上流传出当晚的比赛视频，其中一位在剧场大喊‘黑哨’、为你鸣不平的观众在散场后被多人围攻，导致重伤住院，请问你认识这名伤者吗？他跟你是什么关系……”

欧阳紫荆被突如其来的一个个问题惊得瞠目结舌：“这到底是怎么回事？”她想分开人群逃走，可是一片“咔嚓咔嚓”的快门声响起，被人墙围拢在中心的她根本无路可走。

正在窘迫之际，突然一双有力的大手从背后搂住她的肩膀，嘴里大声喊着：“让开，让开，不要打扰她，她什么都不知道，让她去上课！”回头看时，一个熟悉的身影映入眼帘，那人正是她的师兄——作曲系的大才子张颂。他和紫荆快步跑进校园，长枪短炮小分队被校警牢牢阻拦在门口。记者们冲着她的背影高喊着——“欧阳紫荆同学，请你别走!”“回来!”“请回答我们的问题!”

张颂拉着紫荆一口气跑到小花坛才停住脚步，他松开一直紧紧拉着的紫荆的手说：“哎哟妈呀，千万别惹记者，太厉害了!”

紫荆感激地看着张颂：“太谢谢你了，刚才我都蒙了，怎么突然跑出来这么多记者?”

张颂笑道：“你可真是‘两耳不闻窗外事，一心只读圣贤书’，这几天网络上都传疯了，有人爆料你们前天的比赛是暗箱操作，评委收了黑钱吹了黑哨。你呢，成了无辜的受害者，就连在剧场替你‘出头’当场喊出‘黑哨’的一名观众，刚散场就被一群小混混打了个鼻青脸肿，鼻梁都打塌了，鲜血直流……这些全被人上传到网络上了，现在微信、微博哪哪儿都是……”

“啊，竟有这事?”欧阳紫荆张大了嘴巴。

“‘啊’? 你就知道‘啊’! 那天比赛完你去哪儿了? 我去后台找你也没看见你，给你发微信你也不回，担心得我……”张颂说到这里不好意思起来，连忙打住，俊脸上竟

然泛起了红晕。紫荆的心里泛起阵阵涟漪，身旁高大帅气而又才华横溢的师兄是多少女生的梦中情人，别人面前他总是一副高冷的模样，面对小师妹，他竟生出几分小男生的腼腆和羞涩。她也不好意思起来，两人一时不知道该说些什么。

“欧阳紫荆，你跟那些记者胡说八道什么了？输了就输了，竟然还在背后诋毁别人，没想到你这么卑鄙龌龊！”赵嘉一突然怒气冲冲地走了过来，小脸涨得通红。

“住嘴，赵嘉一，这事儿跟紫荆没关系！”张颂向前半步，挡在两人之间。

“输不起就别玩儿，看你平常假清高装得人五人六的，背地里就是个小人！小人！”张颂的一句话更激起了赵嘉一的无名怒火，说着她竟然直冲过来朝紫荆举起了拳头。张颂见状急忙护住紫荆，抬起胳膊顺势拨开赵嘉一伸在半空的手，不料赵嘉一重心不稳，一个趔趄摔在地上。紫荆要上前搀扶，张颂冲她摆摆手，自己一手帮赵嘉一把书包捡起来，一手毫不费力地拉起了赵嘉一。他目视赵嘉一，声音不大却字字入耳：“嘉一，在事情还没有弄清楚之前，你不要这么冲动好不好？你看看你还像我认识的那个嘉一吗？如果你搞不明白就问问你爸爸，估计他会有答案的。”

“欧阳紫荆，你等着，这事儿没完！我……我恨你们！”

赵嘉一一跺脚，哭着跑了。

“嘉一，嘉一！”欧阳紫荆唤着赵嘉一，赵嘉一却恨恨地一甩头发，朝着校门口跑去，再也没有回头。

原来，赵嘉一刚从她的豪华座驾中出来，蹲守的记者对着她就是一顿“狂轰乱炸”，矛头直指她成绩有假和暗箱操作等问题。她刚刚在保镖的帮助下摆脱了记者的纠缠走进教学楼的大门，一回头正好看见欧阳紫荆和张颂正在小花坛旁边不知说些什么，一时妒火中烧冲了过去。为什么她会有如此激烈的反应呢？那还要从她四岁的时候说起。

十六年前，赵嘉一还是一个像洋娃娃般可爱的小姑娘，张颂也刚刚八岁，是个聪慧俊秀的“钢琴神童”。他们同在北方某个城市，那时候张颂的爸爸是一家房地产公司的老板，而赵嘉一的爸爸正是张颂爸爸的合作伙伴。两个孩子在同一个老师那里学钢琴，因为孩子和合作伙伴的双重原因，两家的接触自然而然就多了起来。周末的时候赵嘉一的妈妈经常带着她去小哥哥家唱歌、弹琴、做游戏。虽然那时候她刚刚四岁，但自从看见了俊秀聪慧的小哥哥就有了一个梦想，“长大了要嫁给小哥哥”。而小哥哥也特别呵护瓷娃娃似的她，有什么好吃的好玩的都给她留着，每次妹妹从他们家离开，小哥哥都恋恋不舍，央求着要跟她再玩一会儿。小哥哥的妈妈

就开玩笑说："那等嘉一长大给你当媳妇吧。"小哥哥高兴地拉着妹妹说："我现在就要她当媳妇。"

可惜快乐的记忆停留在赵嘉一六岁那年，张父为了让儿子好好学习音乐，举家搬到了北京。赵嘉一的爸爸曾经跟她说起过，张颂的爸爸是个商界奇才，可惜后来"不务正业"玩起古董，赚的钱都用来买一些没用的瓶瓶罐罐，最后干脆公司也不要了，一拍屁股去了北京。临走时，张父把很多重要的客户资源都留给了赵嘉一的父亲，公司也低价转让给他。后来，赵父的生意越做越大，富甲一方。他谁都看不上，可唯独对张父毕恭毕敬，百般崇仰，视作自己的老师和恩人，逢年过节总是要去拜会一番。

这些年，文物收藏渐渐火了起来，张父因为入行早加之眼光独到，当年散尽家财淘来的宝贝早已经价值连城，如今在北京也成了人尽皆知的"大玩家"，身家巨厚，结交的达官贵人不计其数，赵父对其更是高看一眼。眼看着孩子大了，他有意撮合两家成其好事，赵嘉一更是为了这个梦想苦苦学习音乐，奋斗了十几年。赵嘉一本来是喜欢表演艺术的，一心想报考中央戏剧学院，可是为了朝思暮想的颂哥哥，她还是忍痛选择了中央音乐学院，为的就是可以天天跟他在一起。可是，没想到千娇百媚的她就在眼前，张颂竟然对她正

眼都不看一下，心里只有那个欧阳紫荆，全然忘记了小时候的情谊，这怎么不令她五内俱焚、肝肠寸断！尤其是刚才，为了欧阳紫荆，张颂竟然推了她一把，虽然不是有意的，可是，这一跤让她千金大小姐的颜面何存？想想从小到大，哪个男孩子对她不是逢迎加崇拜？她都不屑一顾，心心念念都是她的“颂哥哥”。今天，她的心真是伤透了。

因为这场比赛引发的“围观”持续升温，加上各大媒体的推波助澜，越来越多的民众和网友参与到了“口诛笔伐”当中。事态的迅猛发展出乎意料，这也充分说明了在自媒体的时代随着信息技术的迅猛发展，人人都成为分享事实和新闻的媒介，让个人变成世界的，让世界变成个人的。有关部门迅速对此事件进行了详细的调查和取证，现场打人的流氓被找到了，正是赵父安排的“假观众”，他们为了现场效果，买走了剧场一半多的票找人烘托气氛。评委中也有几个人主动退还了巨额“好处费”，等待他们的将是道德和法律的拷问。赵父本来想给自己的女儿帮忙，让她顺利打败强有力的对手晋升女主角，没想到却害得赵嘉一和自己被千万网友“人肉搜索”、痛斥，一时颜面扫地，真是“早知今日，何必当初”。

《情满香江》的选角几经波折，网友和专家团队一致认同

欧阳紫荆，也算是众望所归。当谢文瑞把这个好消息告诉欧阳紫荆时，她心里却一点儿也高兴不起来，早知道竞争是如此激烈残酷，还不如不参与其中。赵嘉一自从那天跑出学校后就再也没有回来，有人说她要去考中央戏剧学院，也有人说她要去国外学表演……但不管怎样，这件事情跟自己有关，每每看到教室一角赵嘉一的座位上空空荡荡，紫荆的心里总有一种说不出的滋味，不禁黯然神伤。

谢文瑞老师开导她说："只要我们还活着，就得生存下去。要想更好地生存下去，就要参与竞争。对于我们每个人来说，生存和竞争都是残酷的。只有懂得生存，学会竞争，才能更好地存活于世上。竞争是无情的，它有胜负之分、强弱之别，我们应当看重过程，因为成功来自于脚踏实地地耕耘。还有一点尤为重要，我们应该遵守竞争法则，竞争不是争利、争名、争权、争势、争位、争威、争宠、争风，千万不要让无益的竞争亵渎了公正公平。"

21. 江南古镇过大年

农历新年即将到来，伯父打来电话，希望欧阳忠带全家回老家浙江义乌佛堂过年。伯父还特意交代，一定不能丢下紫荆姥姥，说咱老家作为综合实力很强的义乌大镇，配套设施绝不亚于你们大都市，而且孩子们已经帮姥姥联系好了最权威的专家和医院，就在家门口附近，条件特别好。

步入腊月，年味渐浓，欧阳紫荆一家终于回到日思夜想的梦中江南。

历史悠久的江南水乡小镇正以自己独特的方式迎接新春，打年糕、晾酱肉、晒咸鱼、挂灯笼、写春联，佛堂的大街小巷都洋溢着浓浓的年味。

姥姥第一次来江南水乡过年，蒸年糕、祭年神、新春耍板凳龙，看得她眼花缭乱，大呼过瘾。她后悔地跟林曦说："早知道在佛堂过年这么热闹，我就年年来了！北京现在连鞭炮都不让放，一到过年就是看看春晚、逛逛庙会，越来越没有年味儿了！"林曦连连点头："那我们明年还回来过年！"

伯父说，这几年佛堂发生了很大变化，并极力推荐大家去古民居苑走走看看。姥姥和林曦最喜欢古代建筑文化，大伯的提议可谓正中下怀。

驱车五分钟，大家就到了古民居苑，这里汇聚了全国各地具有明显风格流派的古民宅、官厅、祠堂和其他有独特风貌的古建筑。这些古建筑保留了原汁原味，内厅设置布局基本保持原貌，并有大量具有人文历史价值的古物配套。一扇扇古典之窗，一道道岁月之门，引领着大家走进"雨惊诗梦来蕉叶，风载书声出藕花"的美好意境当中。

古民居苑周围，浮桥、牌坊、店铺错落有致，好一幅"清风商埠图"。徜徉在千米长的老街，白墙青瓦，技艺精湛的砖雕木刻随处可见。义乌江边由北向南，九个古码头沿江而立。

林曦说："中国的建筑艺术以追求自然精神境界为最终和最高目标，从而达到'虽由人作，宛自天开'的审美旨趣，

它深浸着汉文化的内蕴，是中国五千年文化史造就的艺术珍品，是一个民族内在精神品格的生动写照，今天观看了这么多精致漂亮的民居，真是大开眼界、大有收获啊！”

伯父说：“夜晚灯光映衬下的民居与亭台楼阁交相辉映，会更漂亮呢！”

大年三十当天下午，在伯父的带领下，全家去参加传统的祭年神仪式。舞狮队伍先行表演，年神牌和八菜八水果八糕点置于香案上，德高望重的长者祭师诵念祭文，祭娘分立左右，上酒、点蜡、焚香、祭拜、分发顺风糕和顺风酒，将佛堂人最传统的祝福送给每一个人。大年夜，伯父家三十多口人围坐在宽敞明亮的新房子里共度佳节，因为人太多了，足足摆了三大桌——男人们一桌，女人们一桌，孩子们热热闹闹又是一桌。

年夜饭是最为丰盛和讲究的，除了琳琅满目的冷盘和热炒，还有大菜压阵。这所谓的大菜就是整鸡、整鸭、整鱼，听起来虽跟北方的风俗有几分相似，但是做法却完全不同。比如说饭桌上必不可少的寓意五谷丰登、财源滚滚的“八宝鸭”，做法是在整只的鸭肚内酿入八宝糯米饭，吃起来软糯醇香，鲜美不腻。

又比如同样是“红烧肉”，北方全部是肉，老家的做法是

在色泽金黄的肉下面拿笋垫底，肉周围还有咸鱼：红烧肉软烂，肥而不腻；笋鲜嫩，和肉绝配；咸鱼的口感正好，肉质软而不柴。

老家的菜特别讲究寓意。比如有一道菜叫“酱蹄髈”，按照当地的风俗，谁家有新婚夫妇，做长辈的要轮流请“新客人”吃饭，也叫“吃蹄子”。端上桌的蹄子酱汁浓郁、味道鲜美，象征着日子红红火火、有滋有味；而且蹄子还有另一层含义，就是“常来常往多走动”，意思是说以后大家成了一家人，要有来有往、互相帮扶。

酒过三巡，欧阳忠的兴致高了起来，要给孩子们讲讲“忆苦思甜”的故事，孩子们一片欢呼。

“我小的时候，过年可是件大事，腊月里每家每户开始准备年货。可是那时候物资供应不丰富，往往要半夜三更起床跟着大人去菜市场排队，去了还得凭票购买，猪肉是限量供应，去得晚了就没了。最开心的就是有花生、瓜子，平常吃不着啊，馋！为了能偷着先吃，我每次都抢着帮忙炒瓜子，虽然又累又热，小脸熏得黢黑，但是闻着从锅里慢慢散发出来的香气，那真是特别知足、特别开心……”

伯父六岁的小孙子不解地问道：“为什么排队还买不着？那你们为什么不去超市买呢？”众人哈哈大笑起来：“那时候

哪来的超市啊，跟现在可是没法比哦，你们这帮孩子都是蜜罐儿里长大的，赶上了好时候哇！”

一大家子团聚在一起，正开开心心地品尝着美酒佳肴，突然门帘一挑，一前一后进来两位中年男子。“拜年了！拜年了！”两人满面春风地给大家行拱手礼。只见前面的那位风度不凡、器宇轩昂，身着黑色考究外套，乌黑的头发一丝不乱；后面的那位穿浅色休闲装，高大健硕，眉眼中蕴含着一股英气。

“这不是宝华跟长华嘛！快坐。”伯父站起身来，招呼着客人坐下。原来，他俩刚从俄罗斯谈完生意回来，听说欧阳忠一家回来了，放下东西，匆匆吃了年夜饭就迫不及待地赶来相聚。

“叔，你啥时候回来的？又有几年不见了，看看，紫荆都长成大姑娘了！”宝华落座，无限感慨。

“叔，你咋每次都不提前说一声，我好去接你呀！”长华也怪欧阳忠每次都来去匆匆，也不给他机会表达一下心意。

这两个人正是十四年前在北京某工地打工、险些惹上官司的宝华和长华。当年宝华持刀伤了工头，同去打工的长华和益盛也遭牵连，被狡猾的工头讹诈，如果不是欧阳忠伸出援助之手，他们的命运或许就要改写了。庆幸的是，兄弟俩

白手起家，都凭借着吃苦耐劳的精神和诚信可靠的品质在各自的领域闯出了一片新天地，实现了自己的梦想。

“这大过年的，你们俩怎么才刚从俄罗斯回来呀？”二人向家中长辈拜年问候后落座在欧阳忠身边，欧阳忠一边为他俩斟满酒，一边关切地问道。

这一问可打开了宝华的话匣子，他眉飞色舞地说：“叔，你知道我去谈什么生意吗？我这可是谈的大生意，做的大单，下一步不仅是俄罗斯，我们还要去西班牙、巴西，要把生意做到全世界呢！现在国家正在推行‘一带一路’战略，已经有中欧班列开通了，货运火车直接从义乌开到马德里呢！所以，我们俩急着赶过来是有一件头等的大事跟你谈谈，征求一下你的意见！”宝华身边的长华也使劲点头。

“看你们俩这么一本正经的，要跟我谈什么‘大事’啊？做生意我可是一窍不通，出不了什么好主意！”欧阳忠微微笑着说。

“叔，是这样，我们想让你回来跟我们一起干！想当年，没有你危难时候的帮助就没有我俩的现在，在我俩心里，虽然你比我们大不了多少，但我们真的一直把你当作父亲一般敬重。这些年，侄儿们富起来了，日子越过越好，生意也越做越大，如果你回来，我们不需要你做什么，只要你往那儿

一坐，我们干什么都踏实啊！”

“哦，我听明白了，你们这是要把我当照片挂起来啊！”欧阳忠听了半天总算明白了，这两人大年夜心急火燎地赶过来，敢情是来“招安”的。

“那你们俩准备给我啥名头哇？给我开多少薪水呢？”欧阳忠忍住心里的笑意问道。

“那还用说，你要是回来，就是董事长啊，我们俩都是你的手下！工资嘛，有股份、有分红，年薪五百万，你看行吗？”宝华听欧阳忠发问，以为他动了心，兴奋得两眼放光。

“多少？五百万？咳咳咳……”欧阳忠瞪大了眼珠子，一口酒差点喷出来，憋不住咳嗽起来。乖乖，年薪五百万，还“行吗”，自己干一辈子也挣不了这么多吧！

“北京好是好，可是咱老家的变化也是翻天覆地啊！我们想借着这股春风再把咱们的企业、咱佛堂、咱义乌推到全世界面前，要做的事儿太多了，我们需要你啊！”

宝华和长华慷慨激昂地向欧阳忠展示着宏伟蓝图。邀请欧阳忠加入绝非一时“冲动”，他们已经考虑了很久，即使欧阳忠今年没有回家过年，他们也准备去趟北京亲自请他“出山”。欧阳忠睿智果敢、见多识广，眼界和水平远在他们之上，尤其是欧阳忠身上有着典型的佛堂人的优秀品质，那就

是务实、守信、崇学、向善，企业的发展需要一个有着雄才大略的人坐镇，才能飞得更高更远啊！

对于小哥俩的提议，欧阳忠不是不动心，但是在零点一秒之后他就轻笑着摇了摇头，他有自己的使命，对头顶高高飘扬的五星红旗和肩膀上的国徽和肩章，他必须用全部的生命、全部的爱去奉献、去付出。他婉言谢绝了，宝华和长华不再强求他做决定，只是感到深深的惋惜。

“我们理解，知道您的信仰和追求，您是一个真正的汉子，我跟长华敬你一杯！”宝华、长华眼圈微红，站起身举起了酒杯，欧阳忠也站了起来，三人一饮而尽。

“叔，你知道吗？宝华的宝贝儿子也被驻港部队选中，去年就当兵去了！”这倒是个让欧阳忠眼前一亮的新闻。

“哦，你竟然舍得把独生子送去吃苦，不错不错！小伙子就是要去历练历练，我以一个老兵的身份向你致敬——谢谢你把儿子交给部队！”欧阳忠端起酒杯，又想起当年的壮志凌云、金戈铁马，不禁豪情万丈。

“是啊，我就是要让他以你为表率，希望他能像你一样做男人中的男人、军人中的军人！”宝华由衷地说道。他们再次举起酒杯一饮而尽。

宝华说，儿子在部队值班，今年春节不能回家，我和妻

子打算去香港看看儿子，希望欧阳忠也能故地重游，另外也可以好好教导一下接班人。欧阳忠说：“正好，伯父年前也提起想去香港看看，已经提前申请办好了通行证，机票也已经定好，我们初六就出发，一起去香港！”

22. 国旗下的敬礼

离开香港已经整整十四年了，再次踏上这块美丽多情的土地，眼前的一切令欧阳忠熟悉又陌生——更美了、更高了、更强了。这变化虽然令人目不暇接，但是一听到那熟悉的语言和腔调，亲切的味道已经扑面而来。啊，香港，我回来了！当年，欧阳忠是这块土地的守护者，如今的身份却是游客；当年他是个英姿飒爽的青年，如今却是被岁月琢磨、额头已嵌入细纹的中年人。他不禁感慨日月如梭，沧海桑田。

抚今追昔，欧阳忠为多年前自己担负香港繁荣稳定的防务职责感到自豪，他和千千万万名驻港部队士兵向党和人民交出了一份满意的答卷。如今，可以自豪地讲，通过香港驻

军，外国人真切掂量出中国对香港行使主权的分量。香港回归祖国后，香港市民越来越感到安稳和踏实，全国人民为自己的家园有他们作为守卫者感到宽慰和放心。曾有香港媒体在评论中这样说：“解放军进港以来的表现，彻底改变了香港人对解放军的偏见。”还有的香港市民甚至向驻军写信反映，希望自己的小孩长大以后能当解放军。正是千千万万个欧阳忠通过不断地努力，进一步加深了香港同胞对驻军的认同，进而转化为对祖国和民族的认同，真正实现“一国两制”条件下的“一国一心”。

伯父虽然已经八十岁了，但是身体健朗。第一次从江南古镇走出来，他感到眼前的一切新奇而生动，天空是那么宽广自由，海洋是那么深邃广大，人们是那么友好和善。

看到美丽的港岛风情，他点头，真好、真好；看到鳞次栉比的高楼大厦，他点头，真好、真好；看到海洋馆悠闲游弋的鱼儿，他点头，真好、真好；看到金紫荆广场高高飘扬的国旗和区旗，他点头，真好、真好；品尝着香港的特色美食，他点头，真好、真好；看到威严肃穆的中环军营，他点头，真好、真好；看着年轻英武的士兵列队从身边走过，他点头，真好、真好……

每到一处，他都会把老伴儿的照片从怀里小心翼翼地掏

出来，捧在手里喃喃自语：这是维多利亚港，这是铜锣湾，这是海洋公园……到了，到了，这就是当年忠儿待了六年的军营，老婆子，你好好看看吧，那时候你想忠儿、念忠儿，做梦都想来看看他，这是你想了一辈子也没有来成的地方，今天，我终于替你偿还心愿了！”伯父微微翘起的白胡子颤抖着，这一刻他终于替自己和老伴儿圆梦，没有遗憾了。

宝华迫不及待地准备给儿子打电话。刚要拨号，一条短信出现在他的手机屏幕上，看完短信后他的表情有些僵硬，呆呆地发愣，默不作声。

原来，他的儿子是驻港部队的一名海军，本来说好了要等着爸妈的到来，可是突然接到命令，要出海执行任务。临行前他给爸妈发了个简短的信息，还附上了自己写的一首小诗：

亲爱的爸爸妈妈，
集结号已经吹响，
我要乘风破浪去远航。
不要思念，也不要惆怅，
我是一个兵，拿起钢枪就要为祖国放哨站岗；
不要担心，也不要忧虑，
我是一个兵，红旗飘飘就是我的方向！

后面的落款是“爱你们的儿子”。宝华的妻子让丈夫问问啥时候孩子才能回来，欧阳忠告诉她，部队有纪律，战士的行踪都是不能透漏的，而且到了海上很可能会很多天都联络不上：去哪里——保密；去执行什么任务——保密；什么时候回来——保密。大老远来到香港就是想见儿子一面，没想到竟然扑了个空，宝华夫妇颇有些失落，本来高高兴兴的，顿时变得无精打采、垂头丧气。

欧阳忠带大家参观了中环军营，一路上兴致勃勃地给大家讲解介绍，如数家珍。军营更美了、条件更好了、设施更先进了，他这个老兵既高兴又欣慰——我们这些老兵走了，都说“铁打的营盘流水的兵”，可是无论走到哪里，我们何尝忘记过自己是一个兵啊？即将走出军营大门，欧阳忠再一次回望熟悉的一切，依依不舍，感慨万千……一路都没有说话的宝华对身边的欧阳忠说：

“我现在才理解军人的责任和使命，军人是‘战死疆场，马革裹尸’的人。选择了军人这个职业就意味着选择了离牺牲最近的职业，‘师出之日，有死之荣，无生之辱’，军人的职业决定了其使命的履行必须是甘于付出鲜血和生命，军人的奉献牺牲是最纯粹、最彻底、无条件的。危难时刻总是把危险留给自己将苦难一肩担当，为中华挺直脊梁，为国家撑起一片晴空。”

“说得好，说得好！”伯父赞许地点着头，一家人纷纷朝着红旗行注目礼。伯父眼含热泪说：“忠儿，我还想再看你敬一次军礼。”

欧阳忠点点头，面向军营缓缓举起右手，行了一个标准的军礼。

红旗漫卷，猎猎生风，当年红旗下那个手握钢枪的英俊青年转眼成为沉稳练达的中年男子，可是他坚毅的眼神没有变，铿锵的步伐没有变，满腔的热血更不会变。

傍晚时分，林曦提议去太平山看香港夜景，大家纷纷响应。太平山位于港岛的西北部，虽然海拔只有五百多米，却是香港岛的第一高峰，自开埠以来，一直被视为香港的标志。早就听说夜幕低垂时的太平山顶景色最为壮观，被列为世界四大夜景之一，可欧阳忠一直没有来过，如今全家人终于可以漫步山巅鸟瞰壮丽海港，也不失为一件快事。

“多美啊！太绚丽、太壮观了！”登上山顶，大家被眼前的美景深深震撼和陶醉了：海风拂面，美丽迷人的维多利亚港绽露她举世无双的魅力和倩影，五彩缤纷的灯光下闪动着东方之珠的时尚，诉说着东方之珠的万种风情。海浪轻抚沙滩，霓虹渐欲迷人眼，让人感觉身处仙境一般……

“嘤嘤”，曼陀林的声音响起，紫荆的手机收到一封新邮件，她打开一看，竟然是赵嘉一发来的：

欧阳紫荆：

我在美国纽约给你发这封信。我来这里已经一个多月了，正在为备考美国纽约大学电影学院做准备。两个

月前的那场比赛成就了你，也警醒了我，如果不是败得这么惨，我一定不会静下心来好好思考人生的。其实，从小到大，我最热爱的是表演艺术而不是歌唱，我做梦都想成为奥黛丽·赫本那样的大明星。为了童年时一个虚无缥缈的梦，我把对表演艺术的爱搁置到了一个我自己都差点忘记的角落，直到从梦境中惊醒，我才恍然明白自己的内心到底想要的是什么。如今我重新选择自己的道路，希望还不至于为时过晚。

首先，我要向你和所有人道歉，是我爸爸运用了不正当的竞争手段给大家制造了那么大的麻烦。虽然他是想为我好，但是我不需要这样的爱，我需要的是用实力证明自己的水平，堂堂正正，光明正大。其次，我要向你表示感谢，你是那么优秀，那么执着于自己的所爱，你的爱纯粹而热烈，这让我看到了自己跟你的差距。知道吗？我一直都对你不服气，是的，真的很不服气。所以有意无意地，我总把你当作自己的竞争对手，甚至当作虚拟的敌人。

从入学我就很讨厌你处处超越我，总比我优秀。我努力了，但是依然不如你，这让我有点懊恼和沮丧。这些天，我思考了很多事情，突然发现，如果不是你的存在，我怎么会时时怀着危机感，逼自己一遍又一遍地勤学苦练呢？如果不是你的存在，我怎么会有那么大的动力和决心让自己更优秀呢？所以，我要感谢你，我现在才明白，你不是我的对手，是你让我一直成长、壮大、坚强，所以你是我的朋友！

将来，或许有一天我们还会相遇吧，我期待那时候我是用自己的实力得到你的尊重和友谊。

爱你的朋友：赵嘉一

赵嘉一的一席话在紫荆的心里掀起了波澜。看到赵嘉一终于找到了自己的道路，终于涅槃重生，她压抑已久的心终于释然了：成长的过程曲折坎坷，总是伴随着辛酸与烦恼。而挫折好比一块锋利的磨刀石，生命只有经历了它的打磨，才能闪耀出夺目的光芒。这或许就是青春的代价吧……

“紫荆，快过来，爷爷叫你呢！”林曦冲女儿招手。原来，爷爷想听紫荆唱歌了。

“我想请妈妈唱一首！”紫荆点将。林曦有些不好意思地拿手拂了一下被海风吹乱的头发，说：“哎呀，好久不唱了，找不着调了。”

“唱嘛，妈妈你唱一个！”紫荆摇晃着林曦的手请求。大

家纷纷赞同道："对，林曦，你来一个，你起头！"

欧阳忠朝林曦鼓励地点点头，轻轻握住了她的手。一股暖流给予了林曦莫大的力量，她不再推脱，答应了大家的要求，"那就唱一首《东方之珠》吧！"她清了清嗓子，唱了起来，刚开始声音很小，可是越唱越有感觉，越唱越声情并茂：

小河弯弯向南流，流到香江去看一看。
东方之珠，我的爱人，你的风采是否浪漫依然？
月儿弯弯的海港，夜色深深灯火闪亮。
东方之珠整夜未眠，守着沧海桑田变幻的诺言。

"让海风吹拂了五千年，每一滴泪珠仿佛都说出你的尊严；让海潮伴我来保佑你，请别忘记我永远不变黄色的脸……"山顶的游客陆续加入到歌曲的演唱中，一个人的歌唱变成一群人的合唱，一群人的合唱化作更多人的回响，整个太平山顶瞬间汇合成歌的海洋。

波光粼粼中，紫荆看到一位美丽的仙女从茫茫大海的深处踏浪而来，手里托举着一颗晶莹剔透、五光十色、璀璨夺目的夜明珠。海风吹拂着她裙裾旋旋、秀发飘飘，伴随着海浪拍打礁石的沙沙声，她正动情歌唱……

图书在版编目(CIP)数据

国旗上的爸爸/董玲著.—杭州:浙江少年儿童出版社,2017.3

ISBN 978-7-5597-0049-0

Ⅰ.①国… Ⅱ.①董… Ⅲ.①长篇小说-中国-当代 Ⅳ.①I25

中国版本图书馆 CIP 数据核字(2017)第 059991 号

国旗上的爸爸

GUOQI SHANG DE BABA

董 玲/著

策　　划　石英飞
责任编辑　吴云琴
绘　　画　LIAR
装帧设计　半勺月
美术编辑　成慕姣
责任校对　冯季庆
责任印制　阙　云

浙江少年儿童出版社出版发行
（杭州市天目山路 40 号）
浙江海虹彩色印务有限公司印刷
全国各地新华书店经销
开本 880×1230　1/32
印张 8.375
字数 123000
印数 1—30120
2017 年 3 月第 1 版
2017 年 3 月第 1 次印刷
ISBN 978-7-5597-0049-0
定价：26.00 元
（如有印装质量问题，影响阅读，请与购买书店或承印厂联系调换）